KB216454

어린 왕자

쌩 떽쥐뻬리 지음 / 김제하 옮김

소담출판사

김제하

부산 출생.
중앙대학교 영어영문학과 졸업.

BESTSELLER WORLDBOOK 01

어린 왕자

펴낸날 ㅣ 1990년 10월 10일 초판 1쇄

지은이 ㅣ 생텍쥐페리
옮긴이 ㅣ 김제하
펴낸이 ㅣ 이태권
펴낸곳 ㅣ (주)태일소담
　　　　서울시 성북구 성북동 178-2 (우)136-020
　　　　전화 ㅣ 745-8566~7 팩스 ㅣ 747-3238
　　　　e-mail ㅣ sodam@dreamsodam.co.kr
　　　　등록번호 ㅣ 제2-42호(1979년 11월 14일)
　　　　홈페이지 ㅣ www.dreamsodam.co.kr

ISBN 89-7381-001-4 00860

Le Petit Prince

Antoine de Saint-Exupéry

"넌 아직 나에겐 수많은 다른 소년들과 다를 바 없는 한 소년에 지나지 않아.

그래서 난 네가 없어도 조금도 불편하지 않아. 너 역시 마찬가지일 거야.

난 너에게 수많은 다른 여우와 똑같은 한 마리 여우에 지나지 않아.

하지만 네가 나를 길들인다면 나는 너에게 오직 하나밖에 없는 존재가 되는 거야……."

"만약 네가 오후 네 시에 온다면 난 세 시부터 행복해지기 시작할 거야. 시간이 흐를수록 난 점점 더 행복해지겠지. 네 시에는 흥분해서 안절부절하지 못할 거야.

그래서 행복이 얼마나 값진 것인가 알게 되겠지!'

어린 **왕**자는
철새들의 이동을 이용하여
별을 떠나왔으리라
생각한다.

레옹 베르트에게

내가 이 책을 어른에게 바치는 것에 대해
혹시 이 책을 읽게 될지도 모를 어린이들에게 용서를 구한다.
그것은 내가 이 세상에서 사귄 가장 훌륭한 친구가 어른이었기 때문이다.
또 다른 이유는 이 어른이 모든 것을 다 이해할 줄 안다는 것이다.
어린이들을 위해 쓰여진 책들까지도. 세 번째 이유는 그가 지금 프랑스에
살고 있는데 그곳에서 추위와 굶주림에 지쳐 있다는 것이다. 그는 정말 위로를
필요로 하고 있다. 이러한 이유들이 충분치 않다면, 나는 이 책을 어린 시절의
그분에게 바치고 싶다. 어른들도 처음에는 모두 어린이들이었다.
그러나 그것을 기억하고 있는 어른들은 별로 없다.
그래서 나는 헌사를 다음과 같이 고쳐 쓴다.

어린 시절의 레옹 베르트에게

1

    여섯 살 때 나는 『체험한 이야기』라는, 원시림에 관한 책에서 놀랄 만한 그림을 하나 본 적이 있다. 맹수를 집어삼키고 있는 보아뱀의 그림이었다. 그림은 그것을 그대로 그린 것이다.

    그 책에는 이렇게 씌어 있었다.

    '보아뱀은 먹이를 씹지도 않고 통째로 꿀꺽 삼킨다. 그리고는 꼼짝도 하지 않고 그것을 소화시키느라 여섯 달 동안 잠을 잔다.'

    그래서 나는 밀림 속에서 일어나는 여러 가지 모험에 대해 한참 생각해 보고 난 다음, 색연필을 가지고 나름대로 내 생애 첫 번째 그림을 그려 보

았다. 나의 그림 제1호, 그것은 이런 그림이었다.

나는 내가 그린 걸작품을 어른들에게 보여 주면서 물었다.

"이 그림 무섭죠?"

그러자 어른들이 대답했다.

"모자가 뭐가 무섭다는 거니?"

내가 그린 것은 모자가 아니다. 그것은 코끼리를 소화시키고 있는 보아뱀을 그린 것이다. 그래서 나는 어른들이 알아볼 수 있도록 보아뱀의 뱃속에서 소화되고 있는 코끼리를 그렸다. 어른들은 언제나 설명을 해 주어야 한다. 나의 그림 제2호는 이러했다.

그러자 어른들은 다음과 같은 충고를 하곤 했다.

"속이 보이거나 보이지 않는 뱀 따위의 그림들은 집어치우고, 차라리

지리, 역사, 산수, 그리고 문법을 공부하렴."

그래서 나는 여섯 살 때 '화가'라는 멋진 직업을 포기해 버렸다. 내 그림 제1호와 제2호가 성공을 거두지 못한 것에 대해 실망했던 것이다.

어른들은 언제나 혼자서는 아무것도 이해하지 못한다. 늘 설명을 해 주어야 하니 맥빠지는 노릇이 아닐 수 없다.

그래서 나는 비행기를 조종하는 법을 배웠다. 나는 세계의 구석구석을 거의 가 보지 않은 데 없이 날아다녔다. 결과적으로 지리 공부를 한 것은 정말로 많은 도움을 준 셈이었다. 나는 한눈에 중국과 애리조나를 구별할 수 있었던 것이다. 그것은 밤에 길을 잃었을 때 많은 도움을 주곤 했다.

나는 일생 동안 수없이 많은 사람들과 지겨울 정도로 만날 기회를 갖곤 했다. 어른들 사이에서 실컷 살아 온 것이다. 나는 가까이서 그들을 볼 수 있었다. 그렇다고 해서 그들에 대한 내 생각이 달라진 것은 없었다.

뭔가를 좀 알 듯한 사람을 만날 때면, 나는 늘 간직해 오고 있던 예의 나의 그림 제1호를 보여 주어 그 사람을 시험해 보곤 했다. 그 사람이 정말로 뭘 이해할 줄 아는 사람인가 알고 싶었던 것이다. 그러나 그들의 대답은 한결같았다.

"모자로군."

그러면 나는 보아뱀이나 원시림이나 별들에 대한 것을 그에게 이야기하지 않았다. 그가 이해할 수 있는 이야기를 했다. 이를테면 브리지놀이니, 골프니, 정치와 넥타이 같은 것들에 대해 이야기하는 것이다. 그러면 그 어른은, 매우 착실한 한 청년을 알게 된 것을 몹시 기뻐하는 것이다.

"젊은 사람이 제법 많은 것을 알고 있군."

2

그래서 여러 해 전, 사하라 사막에서 비행기가 고장이 날 때까지 나는 마음을 터놓고 이야기할 수 있는 상대를 발견하지 못한 채 외토리로 살아 왔다. 비행기의 모터가 한 군데 부서져 버린 것이다. 기관사도 승객도 없었으므로, 나는 혼자서 어려운 수리를 하지 않으면 안 되었다. 그것은 나에게는 참으로 죽느냐 사느냐의 중요한 문제였다. 1주일 동안 마실 물밖에 남아 있지 않았던 것이다.

첫날 밤, 나는 사람이 살고 있는 고장에서 수천 마일 떨어진 사막에서 잠이 들었다. 나는 바다 한가운데에 떠 있는 뗏목에 의지하고 있는 표류자보다 더 외로운 처지였다.

그런데 이게 무슨 일일까? 동이 터 올 무렵, 아주 작고 이상한 목소리가 나를 깨웠다. 그때 내가 얼마나 놀랐을지 여러분은 상상할 수 있을 것이다. 그 목소리는 말했다.

"양 한 마리를 그려 줘!"

"뭐라고?"

"양 한 마리를 그려 줘."

나는 너무 놀라 후다닥 일어났다. 몇 번이나 두 눈을 비비고는 사방을

이 그림은 훗날 내가 그를 그린 그림 중에서 가장 잘 된 것이다.

잘 살펴보았다. 그랬더니 정말로 이상하게 생긴 조그만 사내아이가 나를 진지한 얼굴로 바라보고 있었다. 내가 그 사내아이를 그린 그림 중에서 가장 잘 그려진 것이 여기 있다. 그러나 물론 나의 그림은 모델보다는 훨씬 덜 매력적이다.

그것은 내 잘못이 아니다. 여섯 살 적에 어른들이 화가로 출세할 수 없다고 나를 실망시켰기 때문에, 나는 속이 보이지 않거나 속이 보이는 보아뱀말고는 아무것도 그리는 연습을 하지 않았으니까 말이다.

어쨌든 나는 그의 느닷없는 출연에 너무 놀라서 눈을 둥그렇게 뜨고 그 사내아이를 바라보았다.

내가 있는 곳은, 사람 사는 고장에서 수천 마일 떨어진 곳이라는 사실을 여러분은 잊지 말아 주길 바란다. 그런데 그 사내아이는 길을 잃은 것 같지도 않았고, 피곤과 배고픔과 또는 목마름과 두려움에 시달리는 것 같아 보이지도 않았다. 사람 사는 고장에서 수천 마일 떨어진 사막 한가운데에서 길을 잃은 사내아이의 모습은 그 어디에도 없었다. 나는 가까스로 정신을 차리고 말을 걸었다.

"그런데…… 왜 그러지?"

그러자 그 사내아이는 아주 심각한 이야기나 되는 듯이 소곤소곤 다시 되풀이해 말했다.

"부탁이야…… 양을 한 마리 그려 줘……."

사람이란 너무나 신비스러운 일을 당하게 되면 누구나 거기에 순순히 따르게 마련이다. 사람 사는 고장에서 수천 마일 떨어진 곳에서 죽음의 위험을 마주하고 있는 중에 참으로 엉뚱한 짓이 아닐 수 없었다.

18

그러나 나는 주머니에서 종이 한 장과 만년필을 꺼냈다. 그러자 또다시 내가 공부한 것은 그림이 아니라 지리, 역사, 산수, 문법이라는 것이 생각 나서 기분이 언짢아졌다. 그래서 나는 퉁명스럽게 말했다.

"나는 그림을 그릴 줄 몰라."

그러자 그 사내아이가 대답했다.

"괜찮아. 양을 한 마리만 그려 줘."

나는 양은 한 번도 그려 본 적이 없었으므로, 그 사내아이를 위해 내가 그릴 수 있는 단 두 가지 그림 중의 하나를 그려 주었다. 속이 보이지 않는 보아뱀의 그림이었다.

그러자 그 아이는 그 그림이 마음에 들지 않았는지 보채기 시작했다.

"아냐, 아냐. 보아뱀 속의 코끼리는 싫어. 보아뱀은 아주 위험해. 그리고 코끼리는 너무 커서 자리를 많이 차지해. 내가 사는 곳은 아주 조그맣거든. 내겐 양이 필요해. 양을 그려 줘."

그래서 나는 양을 그렸다.

사내아이는 주의 깊게 들여다보더니, 이번에도 자신이 원하는 것이 아니라며 말했다.

"안 돼! 이 양은 병이 들었어. 금세 죽을 것 같아. 다시 하나 그려 줘."

나는 또 그렸다.

사내아이는 너그러운 모습으로 상냥하게 미

소를 지었다.

"봐…… 이건 양이 아니라 염소잖아. 뿔
이 있으니까……."

그래서 나는 또다시 그렸다.

그러나 그것 역시 사내아이의 마음에 들지
않았다.

"이건 너무 늙었어. 난 오래 살 수 있는 양을 갖고 싶어."

나는 모터를 빨리 떼내야 했으므로, 더 이상 참지 못하고 여기 있는 이
그림을 아무렇게나 그려 놓고는 한마디 툭 던졌다.

"이건 상자야. 네가 원하는 양은 그 안에 들어 있어."

그러자 나의 어린 심판관의 얼굴이 환하게 밝아지는 것이었다. 그걸 보
고 나는 놀라지 않을 수 없었다.

"이게 바로 내가 원하던 거야! 이 양에게 풀을 많이 주어야 해?"

"왜 그런 걸 묻지?"

"내가 사는 곳은 아주 작거든……."

"거기 있는 걸로 충분할 거야. 네게 준 건 아주 작은 양이니까."

그 사내아이는 고개를 숙여 그림을 들여다보았다.

"그렇게 작지도 않은 걸. 어머! 잠들었네……."

이렇게 하여 나는 어린 왕자를 알게 되었다.

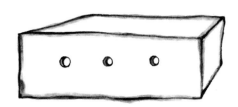

3

그 어린 왕자가 어디서 왔는지를 아는
데는 꽤 오랜 시간이 걸렸다. 어린 왕자
는 내게 많은 것을 물어 보면서도 내 질
문에는 귀 기울이는 것 같지 않았다. 어
린 왕자가 어쩌다가 하는 말을 통해서 차
츰차츰 모든 것을 알게 되었다. 가령, 내
비행기를 처음으로 보았을 때(나는 비행기는 그리지 않겠다. 그것은 나에
게는 너무도 복잡한 그림이니까) 어린 왕자는 나에게 이렇게 물었던 것이
다.

"이 물건은 대체 뭐야?"

"그건 물건이 아니야. 그건 날아다니는 거야. 비행기지. 내 비행기야."

나는 어린 왕자에게 날아다닌다는 것을 가르쳐 주면서 자랑스러움을 느
꼈다. 그랬더니 어린 왕자는 소리쳤다.

"뭐! 아저씨는 하늘에서 떨어졌구나?"

"그래."

"야! 그거 참 재미있다."

그리고는 어린 왕자는 유쾌하게 까르르 웃었으므로 나는 기분이 몹시 언짢아졌다. 내 불행을 진지하게 생각해 주지 않는 것이 싫었기 때문이다.

"그럼 아저씨도 하늘에서 왔잖아! 어느 별에서 왔어?"

나는 문득 그 사내아이의 존재의 신비로움을 이해하는 데 한 줄기 빛이 비치는 걸 깨닫고 갑자기 물었다.

"그럼 너는 다른 별에서 왔니?"

그러나 그 사내아이는 대답을 하지 않고, 내 비행기를 바라보며 조용히 고개를 끄덕일 뿐이었다.

"저걸 타고서는 그리 멀리서 오지는 못했겠군……."

그리고는 한참 동안 생각에 잠기더니, 주머니에서 내가 그려 준 양의 그림을 꺼내서는 그 보물을 열심히 들여다보았다.

'다른 별들'이라는, 그가 슬쩍 내비친 비밀에 내가 얼마나 호기심으로 몸이 달았겠는가를 여러분은 짐작이 갈 것이다.

"애야, 너는 어디서 왔지? '네 집'이란 어디를 말하는 거지? 내 양을 어디로 데려가려는 거니?"

사내아이는 말없이 생각에 잠기더니 대답했다.

"아저씨가 준 상자가 밤에는 집이 될 테니까 잘 됐어."

"그렇고말고. 그리고 네가 착하게만 하면, 밤에 양을 묶어 놓을 수 있는 고삐를 줄게. 말뚝도 주고."

그 제안은 어린 왕자를 몹시 놀라게 한 듯했다.

"묶어 놓다니! 참 이상한 생각이네……."

"묶어 놓지 않으면 아무 데나 가서 길을 잃어버릴 수도 있을 텐데……."

소혹성 B612에서의 어린 왕자

그러자 내 친구 어린 왕자는 또다시 웃음을 터뜨렸다.

"아니, 가긴 어디로 가?"

"어디든지 곧장 앞으로……."

그러자 어린 왕자는 진지한 빛으로 말했다.

"괜찮아. 내가 사는 곳은 아주 작으니까!"

그리고는 조금 서글픈 기분이 들었는지 다시 덧붙였다.

"앞으로 곧장 가도 멀리 가지는 못해."

4

나는 이렇게 해서 대단히 중요한
두 번째 사실을 알게 되었다. 그것은
그 어린 왕자가 사는 별이 집 한 채보
다 클까 말까 하다는 것이었다.

　그것은 나에게 그다지 놀라운 일은 아니었다.
지구, 목성, 화성, 금성같이 사람들이 이름을 붙여 놓은 커
다란 떠돌이 별들말고도 수백 개의 다른 별들이 있는데, 어
떤 것들은 너무 작아서 망원경으로도 보기 힘든 정도라는 것을
나는 잘 알고 있었다. 천문학자가 그런 별을 발견하면 이름을 지어
주는 대신 번호를 매겨 준다. 이를테면 '소혹성 3251'이라는 식으로 부르
는 것이다.

　나는 어린 왕자가 살던 별이 소혹성 B612호라고 믿을 만한 상당한 근거
를 가지고 있다. 그 혹성은 1909년에 터키 천문학자에 의해 딱 한 번 망원
경에 잡힌 적이 있었다.

　그 당시, 그는 국제천문학회에서 자신의 발견을 훌륭히 증명해 보였었
다. 그러나 터키 고유의 의상을 입고 있었기 때문에 아무도 그의 말을 받

아들이지 않았었다. 어른들이란 모두 이런 식이다.

터키의 한 독재자가 국민들에게 서양식 옷을 입지 않으면 사형에 처한다고 강요한 것은, 소혹성 B612호의 명예를 위해서는 정말 다행스러운 일이었다. 1920년, 그 천문학자는 매우 멋있는 옷을 입고 다시 증명을 했다. 그러자 이번에는 모두들 천문학자의 말을 믿게 되었다.

내가 소혹성 B612호에 대해 이렇게 자세히 이야기하고, 번호까지 가르쳐 주는 것은 어른들 때문이다. 어른들은 숫자를 좋아한다. 어른들은 새로 사귄 친구 이야기를 할 때면 가장 중요한 것은 물어 보는 적이 없다.

"그애 목소리는 어떻지? 그애는 무슨 놀이를 좋아하지? 나비를 채집하지 않니?"

그들은 이런 말은 절대로 하지 않는다.

"나이가 몇이지? 형제는 몇이고? 체중은 얼마지? 아버지 수입은 얼마야?" 하고 그들은 묻는다.

그제야 그 친구가 어떤 사람인지 알게 된 줄로 생각하는 것이다.

만일 어른들에게, "창턱에는 제라늄 화분이 있고, 지붕에는 비둘기가 있는 분홍빛의 벽돌집을 보았어요" 라고 말하면 그들은 그 집이 어떤 집인지 상상하지 못한다.

그들에게는, "십만 프랑짜리 집을 보았어요" 라고 말해야만 한다.

그러면 그들은, "그럼 정말 좋은 집이구나!" 하고 소리치는 것이다.

그래서, "어린 왕자가 매혹적이었고, 잘 웃었고, 양 한 마리를 가지고 싶어했다는 것이 그가 이 세상에 있었던 증거야. 어떤 사람이 양을 갖고 싶어한다면 그건 그가 이 세상에 있다는 증거야" 라고 말한다면 그들은 어깨를 으쓱하고는 여러분을 어린아이 취급을 할 것이다.

그러나, "그가 떠나 온 별은 소혹성 B612호입니다" 라고 말하면 수긍을 하고 더 이상 질문을 해 대면 귀찮게 굴지도 않을 것이다. 어른들은 다 그런 것이다. 그러나 그들을 나쁘게 생각해서는 안 된다. 어린아이들은 어른들을 항상 너그럽게 대해야만 한다.

하지만 인생을 이해하는 우리는 숫자 같은 것은 아랑곳하지 않는다! 나는 이 이야기를 동화 같은 식으로 시작하고 싶었다.

"옛날에 저보다 좀더 클까 말까 한 별에서 살고 있는 어린 왕자가 있었는데, 그는 친구를 갖고 싶었습니다……."

나는 이렇게 시작하고 싶었다.

인생을 이해하는 사람들에게는 그게 훨씬 더 진실한 느낌을 주었을 것이다.

왜냐하면 사람들이 이 책을 건성으로 읽는 것을 나는 바라지 않기 때문이다. 이 추억을 이야기하면서 나는 깊은 슬픔을 느낀다. 친구가 그의 양과 함께 떠나가 버린 지도 벌써 여섯 해가 된다. 내가 여기서 그를 묘사해 보려고 애쓰는 것은 그를 잊지 않기 위해서이다. 한 사람의 친구를 잊는다는 것은 슬픈 일이니까.

누구나 다 친구를 가지게 되는 것은 아니다. 그를 잊는다면 나도 숫자밖에는 흥미가 없는 어른들과 같은 사람이 될지도 모른다. 내가 그림 물감 한 상자와 연필을 산 것은 이런 까닭에서였다. 여섯 살 때 속이 보이거나 보이지 않는 보아뱀 이외에는 그려 본 일이 없는 사람이, 이 나이에 다시 그림을 그린다는 것은 정말 힘든 일이 아닐 수 없다. 가능한 한 실물에 가까운 초상화를 그려 보려고 노력은 하겠다. 하지만 반드시 성공하리라는 자신은 없다. 어떤 그림은 괜찮은데, 또 어떤 그림은 조금도 비슷하지 않다. 키도 조금씩은 차이가 나곤 한다. 여기서는 어린 왕자가 너무 크고 저기서는 너무 작다. 어린 왕자의 옷 색깔에 대해서도 역시 자신이 없다.

그래서 나는 이렇게 저렇게 더듬더듬 그려 본다. 무엇보다도 중요한 한 부분을 잘못 그릴지도 모른다. 하지만 그것은 용서해 주어야 한다. 내 친구는 설명을 해 주는 적이 없었기 때문이다. 내가 자기와 비슷하다고 생각했던 것인지도 모르겠다.

그러나 불행히도 나는 상자 안에 들어 있는 양을 볼 줄 모른다. 나도 조금은 어른들과 비슷한지도 모를 일이다. 아마 늙은 모양이다.

5

날마다 나는, 어린 왕자의 별에 관한 일과, 어린 왕자가 그 별을 떠날 때의 일과, 별에서 떠나 여행한 일들을 조금씩 알게 되었다. 어린 왕자가 무심코 하는 말들을 듣고 저절로 그렇게 된 것이다. 그래서 나는 어린 왕자를 만난 지 사흘째 되는 날에야 비로소 바오밥 나무의 비극을 알게 되었다. 그 이야기를 들을 수 있었던 것도 역시 양 덕분이었다.

그날 어린 왕자는 몹시 걱정스러운 얼굴로 갑자기 나에게 물었다.

"양이 작은 나무를 먹는다는 게 정말이야?"

"그럼, 정말이지."

"아! 그럼 잘 됐네!"

양이 작은 나무를 먹는다는 게 왜 그렇게 중요한 사실인지 나는 이해할 수 없었다. 그러나 어린 왕자는 계속해서 말했다.

"그럼 바오밥 나무도 먹겠지?"

나는 어린 왕자에게 바오밥 나무는 작은 나무가 아니라 성당만큼이나 커다란 나무이고, 한 떼의 코끼리를 데려간다 해도 바오밥 나무 한 그루도 다 먹어치우지 못할 것이라고 일러 주었다.

한 떼의 코끼리라는 말에 어린 왕자는 웃으며 말했다.

"코끼리들을 포개 놓아야겠네."

그런 다음 어린 왕자는 아주 어른

스러운 말을 했다.

"바오밥 나무도 커다랗게 자라기

전에는 작은 나무였겠지?"

"물론이지! 그런데 왜 양이 바오밥

나무를 먹어야 된다는 거지?"

"그 이유를 알 수 없다는 말이야?"

어린 왕자는 당연한 일을 모르느냐

는 듯이 대꾸했다. 그래서 나는 혼자

서 그 수수께끼를 푸느라고 한참 머

리를 짜내어야만 했다.

어린 왕자가 사는 별에는 다른 모든 별들과 마찬가지로 좋은 풀과 나쁜

풀이 있었다. 그렇기 때문에 좋은 풀들의 좋은 씨들과 나쁜 풀들의 나쁜

씨들이 있었다. 그러나 씨앗들은 눈에 보이지 않는다. 그것들은 땅 속 깊

이 숨어 잠들어 있다가 그중 하나가 갑작스레 잠에서 깨어나고 싶어진다.

그러면 그것은 기지개를 켜고, 태양을 향해 처음에는 머뭇거리면서 그 아

름답고 연약한 새싹을 내민다. 그것이 무나 장미의 싹이면 그대로 내버려

두어도 된다.

하지만 나쁜 식물의 싹이면 눈에 띄는 대로 뽑아 버려야 한다. 그런데

어린 왕자의 별에는 무서운 씨앗들이 있었다……. 바오밥 나무의 씨앗이

었다. 그 별의 땅은 바오밥 나무 씨앗투성이였다. 그런데 바오밥 나무는

자칫 늦게 손을 쓰면 정말 처치할 수 없게 된다. 금세 별의 지면에 무성하게 퍼져, 마침내 그 뿌리가 별을 꿰뚫게 되는 것이다. 별이 너무 작기 때문에, 바오밥 나무가 무성해지면 마침내 별이 산산조각 나 버리고 마는 것이다.

어린 왕자는 나중에 내게 말했다.

"그건 질서의 문제야. 아침에 몸단장을 하고 나면 정성을 들여 별을 보살펴 주어야 해. 규칙적으로 신경을 써서 장미와 구별할 수 있게 되면 곧바로 그 바오밥 나무를 뽑아 버려야 하거든. 바오밥 나무는 아주 어렸을 때에는 장미와 매우 비슷하게 생겨서 잘 구별을 할 수가 없어. 좀 귀찮은 일이긴 하지만 쉬운 일이기도 하지."

어느 날 어린 왕자는, 우리 땅에 사는 어린이들 머릿속에 꼭 박히도록 예쁜 그림을 하나 그려 보라고 했다.

"그들이 언젠가 여행을 할 때, 이것이 도움이 될 수도 있을 거야. 할 일

바오밥 나무들

을 뒤로 미루는 것이 때로는 아무렇지도 않을 수 있지. 하지만 바오밥 나무의 경우에는 그랬다가는 틀림없이 커다란 재난이 따르는 법이야. 게으름뱅이가 살고 있는 어느 별을 나는 알고 있었어. 그는 작은 나무 세 그루를 무심히 내버려 두었던 거야······."

그래서 나는 어린 왕자가 가르쳐 주는 대로 그 별을 그렸다. 나는 성인 군자와 같은 말투로 말하는 것을 싫어한다. 그러나 바오밥 나무의 위험은 거의 잘 알려져 있지 않았고, 따라서 소혹성에서 길을 잃은 사람이 있다면, 그 사람은 매우 큰 어려움을 겪게 될지도 모른다. 그래서 나는 한 번만 평소의 겸손을 버리고 이렇게 말하려고 한다.

"어린이들이여! 바오밥 나무를 조심하라!"

내가 바오밥 나무를 정성껏 그린 것은, 나의 친구들에게 경각심을 불러일으키기 위한 것이다. 그들은 나와 마찬가지로 아무것도 모른 채 오랫동안 위험한 상태에 빠져 있으므로, '조심하라'고 주의를 주고 싶었기 때문이다.

이 그림을 통해 내가 전하는 교훈은, 이 그림을 그리느라고 많은 노력을 들일 가치가 있다는 것이다. 여러분에게는 이런 의문이 생길지도 모르겠다. 이 책에는 왜 바오밥 나무의 그림만큼 장엄한 그림들이 또 없을까? 그 대답은 간단하다. 다른 그림들도 그렇게 그리려고 애써 보았지만 잘 되지 않았던 것이다. 바오밥 나무를 그릴 때에는 절실한 심정으로 열성을 지니고 그렸던 것이다.

6

아! 어린 왕자, 네가 쓸쓸하고 단순한 생활을 해 왔다는 것을 조금씩 조금씩 알게 되었다. 너의 마음이 밝아지는 것은 저녁놀이 빛나는 조용한 해질녘밖에 없었지.

나흘째 되는 날 아침, 나는 그 새로운 사실을 알았지. 네가 내게 이렇게 말했거든.

"나는 해질 무렵을 좋아해. 해지는 걸 보러 가······."

"하지만 기다려야 하잖아······."

"뭘 기다리지?"

"해가 지길 기다려야지."

너는 처음에는 몹시 놀라는 표정이었으나, 이내 자기 말이 우스운 듯 웃음을 터뜨렸지. 그리고는 나에게 말했지.

"나는 아직도 집에 있는 것만 같은 기분이거든!"

실제로 그럴 수도 있는 일이었다. 모두들 알고 있듯이 미국에서 낮 12시일 때 프랑스에서는 해가 진다. 프랑스로 단숨에 달려갈 수만 있다면 해가 지는 광경을 볼 수 있을 것이다. 그러나 불행하게도 프랑스는 너무 멀리 떨어져 있다. 그러나 너의 조그만 별에서는 의자를 몇 발짝 뒤로 물러놓기만 하면 되었지. 그래서 언제나 원할 때면 너는 석양을 바라볼 수 있었지······.

"어느 날, 나는 해가 지는 걸 마흔세 번이나 보았어!"

그리고는 잠시 뒤 너는 다시 말했지.

"몹시 슬플 때에는 해지는 모습이 보고 싶어······."

"그럼 마흔세 번이나 해지는 걸 구경하던 날, 너는 그렇게도 슬펐었니?"

그러나 어린 왕자는 아무 대답도 하지 않았다.

7

닷새째 되는 날, 역시 양 덕분에 어린 왕자의 비밀을 한 가지 더 알게 되었다.

오랫동안 혼자 어떤 문제에 대해 곰곰이 생각하던 끝에 튀어나온 말인 듯, 어린 왕자가 갑자기 나에게 물었다.

"양은 작은 나무를 먹으니까 꽃도 먹겠지?"

"양은 닥치는 대로 아무거나 먹지."

"가시가 있는 꽃도?"

"그럼. 가시가 있는 꽃도."

"그럼, 가시는 대체 어디에 필요한 거지?"

그것은 나도 모르는 문제였다. 나는 그때 내 모터의 나사가 너무 꼭 죄어 있어 그것을 빼내는 일에 정신이 팔려 있었다. 비행기의 고장이 매우 중대한 것처럼 보이기 시작했고, 먹을 물이 바닥이 드러나고 있어 최악의 상태를 당할까 두려웠기 때문에 나는 몹시 불안했던 것이다.

"가시는 대체 무엇에 필요한 거지?"

어린 왕자는 일단 질문을 하면 상대가 그에 대한 대답을 할 때까지 결코 포기한 적이 없었다. 나는 나사 때문에 신경이 날카로워져 있었기 때문에 별 생각 없이 아무렇게나 대답해 버렸다.

"가시는 아무 데에도 쓸모가 없어. 꽃들이 공연히 심술을 부리고 싶으니까 가시 같은 것을 달고 있는 거야."

"그래?"

잠시 아무 말 없다가 어린 왕자는 원망스럽다는 듯 나에게 쏘아붙였다.

"그건 거짓말이야! 꽃들은 약해. 순진하고, 꽃들은 그들이 할 수 있는 방식으로 자신을 보호하는 거야. 가시가 있으면 무서운 존재가 되는 줄로 믿는 거야……."

나는 아무 대답도 하지 않았다. 그때 나는,

'이 나사가 끝내 말썽을 부리면 망치로 두들겨 튀어나오게 해야지.'

라고 생각을 하고 있었다.

그러자 어린 왕자는 또다시 내 생각을 방해했다.

"그러면 아저씨 생각으로는 꽃들이…"

"그만 해둬! 아무래도 좋아! 난 엉터리로 대답했을 뿐이야. 나에겐 지금 아주 중대한 일이 있어!"

어린 왕자는 어리둥절해서 나를 바라보았다.

"중대한 일이라고?"

어린 왕자는 나를 바라보았다.

나는 어린 왕자에게 매우 더러워 보일 것 겉은 물체 위에 웅크리고 앉아 있었는데, 망치를 든 손은 기계 기름으로 온통 시커맸다.

"아저씨도 다른 어른들처럼 똑같은 말을 하는 사람이잖아!"

어린 왕자의 말을 듣고 나는 조금 부끄러워졌다. 그런데도 어린 왕자는 사정없이 말을 이어갔다.

"아저씨는 모든 걸 혼동하고 있어…… 모든 걸 혼동하고 있다구!"

어린 왕자는 이번에는 정말로 화가 나 있었다. 그리고 온통 금빛인 그의 머리카락을 바람에 흩날리면서 말했다.

"내가 알고 있는 별에 얼굴이 시뻘건 신사가 살고 있었어. 그 신사는 꽃 향기를 맡아 본 적이 없고, 별을 바라본 적도 없어. 누구를 사랑해 본 일도 없지. 그 신사가 하는 일이란 하루 종일 오로지 계산만 하는 거지. 그리고 하루 종일 아저씨처럼 '나는 중대한 일을 하는 사람이야. 중대한 일을 하는 사람이야'라고 입버릇처럼 말하면서 교만으로 가득 찬 생활을 있어. 하지만 그는 사람이 아니고 버섯이라고!"

"버섯?"

"그래, 버섯이라니까!"

어린 왕자는 얼굴이 새파래져서 화를 내고 있었다.

"꽃들은 수백만 년 전부터 가시를 만들고 있어. 양도 수백만 년 전부터 꽃을 먹어 왔고. 그런데도 그들이 아무 데에도 필요하지 않은 가시를 왜 만들어 내는지 알려는 건 중요한 게 아니라는 거지? 꽃이 양에게 먹히는 일이 중요한 일이 아니라고? 그건 얼굴이 시뻘건 신사가 하는 계산보다 더 중요한 게 아니라는 거지? 그래서 이 세상 아무 데도 없고 오직 나의 별에만 있는 이 세상에 단 하나뿐이 한 송이 꽃을 내가 알고 있어. 그 꽃을 어느 날 아침에 작은 양이 무심코 먹어 버릴 수도 있다는 것이 중요한 일이 아니라는 거지?'

어린 왕자는 얼굴이 새빨개져서 말을 이었다.

"수백만 개의 별들 중에 단 하나밖에 없는 꽃을 사랑하고 있는 사람은, 그 별들을 바라보고 있는 것만으로도 행복할 수 있어. 그는 속으로 '내 꽃이 저기 어딘가에 있겠지…….' 하고 생각할 수 있거든. 하지만 양이 그 꽃을 먹어 버린다면, 그에게는 갑자기 모든 별들이 사라져 버리게 되는 거나 마찬가지야! 그런데도 그게 중요하지 않다는 거야?'

어린 왕자는 그뿐, 더 이상 말을 하지 않았다. 그리고는 갑자기 흐느껴 울기 시작했다. 밤이 내린 뒤였다. 나는 연장을 내팽개쳤다. 망치도 나사도 눈에 보이지 않았고, 목이 마르다는 생각도 죽을지도 모른다는 생각도 모두 우습게 생각되었다. 그런 것은 아무래도 좋았다. 지금 내 앞에는, 어떤 별, 어떤 떠돌이별 위에 나의 별, 이 지구 위에 위로해 주어야 할 한 어린 왕자가 있었던 것이다. 나는 어린 왕자를 꼭 껴안고, 조용히 흔들면서 말했다.

"네가 사랑하는 꽃은 위험하지 않아……. 너의 양에게는 입마개를 그려 줄게……. 그리고……."

더 이상 무슨 말을 해야 좋을지 알 수 없었다. 내 자신이 매우 서투르게 느껴졌다. 어떻게 해야 어린 왕자를 감동시키고, 어떻게 해야 어린 왕자의 마음과 하나가 될 수 있을지 알 수 없었다.

눈물의 나라란 참으로 신비스러운 것이다.

8

　나는 얼마 뒤에 그 꽃에 대해 더 많은 것을 알게 되었다. 본디 어린 왕자의 별에는 전부터 꽃잎이 한 겹인 아주 소박한 꽃들이 있었다. 그 꽃들은 자리를 거의 차지하지 않았고 아무도 방해하지 않는 매우 유쾌한 꽃이었다. 아침에 풀 속에 피어났는가 하면, 저녁에는 어느 틈에 사라져 버리곤 하는 꽃이었다.

　그런데 어느 날, 어린 왕자의 그 꽃은 어딘지 모를 곳에서 날아온 씨앗이 싹을 틔운 꽃이다. 그래서 어린 왕자는, 다른 싹들과 닮지 않은 그 싹을 주의 깊게 관찰했다. 새로운 바오밥 나무인지도 모를 일이었다. 그 나무는 싹이 자라 작은 나무가 되자 더 자라지 않고 꽃을 만들기 시작했다. 꽃망울이 맺는 것을 지켜 보고 있던 어린 왕자는, 이제 곧 그 꽃에서 어떤 기적 같은 것이 나타나리라 느끼고 있었다.

　그러나 꽃은 그 연녹색 방 속에 숨어 언제까지고 아름다워질 준비만 하고 있었다. 꽃은 세심하게 자신의 빛깔을 고르고 있었다. 천천히 옷을 입고 꽃잎을 하나씩 둘씩 다듬고 있었다. 그 꽃은 개양귀비꽃처럼 구겨진 모습을 밖으로 나오고 싶지 않은 것이다. 자신의 아름다움이 햇빛처럼 아름다운 모습이 되지 않고는 얼굴을 보이고 싶지 않은 것이다. 아! 정말, 아

주 멋스러운 꽃이었다. 그러므로 그의
신비로운 몸단장은 며칠이고 계속되었
다.

그러던 어느 날 아침, 해가 막 떠오를
무렵에 마침내 그 꽃은 모습을 드러냈다.
그런데 그처럼 공들여 몸단장을 한 그 꽃
이 하품을 하며 말했다.

"아! 이제 막 잠이 깼답니다……. 용서
하세요……. 제 머리가 온통 헝클어져 있네요……."

어린 왕자는 그 꽃을 보고 감탄을 억누를 수가 없었다.

"참 아름다우시군요!"

"그래요?"

꽃은 속삭이듯 대답했다.

"나는 해님과 함께 태어났답니다……."

어린 왕자는 금세 그 꽃이 겸손하지 않다는 것을 알 수 있었다. 하지만
그 꽃은 너무도 아름다운 꽃이 아닌가! 잠시 뒤,
그 꽃은 다시 말했다.

"아침 식사 시간이군요. 제게도 무언가 주지
않겠어요?"

뜻밖의 요구에 어린 왕자는 몹시 당황했지만,
방금 길어 온 신선한 물이 담긴 물뿌리개를 찾
아 그 꽃에 뿌려 주었다.

이렇게 그 꽃은 태어나자마자 심술궂은 허영심으로 어린 왕자를 괴롭혔다. 그래서 어린 왕자는 매우 난처했다.

어느 날, 그 꽃은 자기가 가진 네 개의 가시에 대해 이야기하면서 어린 왕자에게 말했다.

"호랑이들이 발톱을 세우고 덤벼들어도 끄떡없어요."

"우리 별엔 호랑이는 없어요. 그리고 호랑이들은 풀을 먹지 않아요."

어린 왕자는 꽃의 말을 가로막으며 말했다.

"저는 풀이 아녜요."

꽃은 살며시 대답했다.

"아, 미안……."

"난 호랑이는 조금도 무섭지 않지만 바람이 불어 오는 것은 무섭답니다. 바람막이를 해 주지 않겠어요?"

'바람이 무섭다니……. 식물로서는 안 된 일이군. 이 꽃은 아주 까다로운 식물이군…….'

어린 왕자는 속으로 생각했다.

"저녁에는 나에게 유리 덮개를 씌워 주세요. 당신이 살고 있는 이곳은 매우 춥군요. 위치도 좋지 않고요. 내가 살던 곳은……."

그러나 꽃은 더 이상 말을 잇지 못했다. 그 꽃은 씨앗의 형태로 온 것이다. 그러니 다른 세상에 대해서 아는 게 없었다. 꽃은 거짓말을 하려던 것이 금세 밝혀질 것이 부끄러워서, 어린 왕자를 속이기 위해 두세 번 기침을 했다.

"바람막이가 있느냐고 물었잖아요……?"

"찾아보려고 하는데 당신이 말을 계속했잖아요!"

그랬더니 그 꽃은 나오지도 않는 기침을 억지로 하여, 어린 왕자로 하여금 미안한 마음을 갖도록 했다.

그래서 어린 왕자는 진심으로 꽃을 사랑하기는 했지만, 꽃의 마음을 의심하기 시작했다. 꽃이 아무 생각도 없이 한 말을 어린 왕자는 진지하게 받아들여 꽃에 대한 정이 떨어지게 되었다.

그러던 어느 날, 어린 왕자는 자신의 마음을 털어놓았다.

"그 꽃의 말 따위에 귀를 기울이지 말아야 했어. 사람들은 꽃들이 하는 말을 대강만 들으면 되는 거야. 꽃은 바라보고 향기를 맡기만 하면 돼. 내 꽃은 내 별을 향기로 가득 차게 했는데도 나는 조금도 즐겁지 않았어. 그 발톱 이야기에 눈살을 찌푸렸지만, 오히려 그렇기 때문에 더 불쌍하게 생각했어야 옳았던 거야……."

그리고 또 어린 왕자는 이렇게도 털어놓았다.

"나는 그때 아무것도 이해할 줄 몰랐어. 그 꽃의 말에 귀를 기울이는 게 아니라, 그 꽃의 행동을 보고 판단했어야만 했던 거야. 그 꽃은 나에게 향기를 풍겨 주고 내 마음을 밝게 해주었어. 결코 도망치지 말았어야 하는 건데! 그 교활한 말을 하고는 있었지만, 그 거짓말 뒤에는 애정이 숨어 있다는 걸 눈치챘어야 했어. 꽃들은 그처럼 모순된 존재들이거든! 하지만 난 너무 어려서 그 꽃을 사랑할 줄을 몰랐던 거야."

9

　나는, 어린 왕자가 철새들이 다른 별로 옮겨가는 것을 보고 어린 왕자도 자신의 별을 떠났으리라 생각한다.

　떠나는 날 아침, 어린 왕자는 자기의 별을 깨끗이 정돈해 놓았다. 정성 들여 활화산의 그을음을 털어 내고 대청소를 했다. 그러고 보니 생각나는 게 있는데, 어린 왕자는 활화산을 두 개 가지고 있었다. 그것은 아침밥을 데우는 데 아주 편리했다. 휴화산도 하나 가지고 있었다. 그러나 어린 왕자의 말처럼 그것이 절대로 폭발하지 않으리라는 법은 없었다. 그래서 어린 왕자는 휴화산도 활화산과 똑같이 대청소를 했다. 화산들은 청소를 잘 해 주기만 하면, 폭발하지 않고 조용히 규칙적으로 타오른다. 화산의 폭발은 굴뚝으로 솟아오르는 연기와 같다. 물론 지구 위에 사는 우리들은 너무 작아 화산을 대청소할 수 없다는 것은 말할 나위가 없다. 그래서 우리는 화산 폭발 때문에 자주 어려움을 겪게 되는 것이다.

　어린 왕자는 좀 슬픈 마음으로 바오밥 나무의 마지막 싹들도 뽑아 냈다. 다시는 돌아오지 못하리라 생각하고 있었던 것이다. 그런데 언제나 하던 그 모든 일들이 그날 아침에는 유난히 다정스럽게 느껴졌다. 그래서 그 꽃에 마지막으로 물을 주고 유리 덮개를 씌워 주려는 순간 그는 울고 싶은

그는 불을 뿜는 화산들을 정성스레 쑤셔서 청소했다.

심정이었다.

"잘 있어."

어린 왕자는 꽃에게 말했다.

그러나 꽃은 대답하지 않았다.

"잘 있어."

어린 왕자가 되풀이했다.

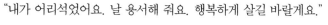

꽃은 기침을 했다. 하지만 그것은 감기
가 들었기 때문에 하는 것은 아니었다.

"내가 어리석었어요. 날 용서해 줘요. 행복하게 살길 바랄게요."

이윽고 꽃이 말했다.

어린 왕자는 꽃이 조금도 비난하는 말을 하지 않았으므로 몹시 놀랐다.
어린 왕자는 유리 덮개를 손에 든 채 어쩔 줄 모르고 멍하니 서 있었다. 꽃
의 그 조용한 다정함을 이해할 수 없었다.

"그래, 난 당신을 좋아해요. 당신은 그걸 전혀 눈치채지 못했어요. 다
내 잘못이에요. 아무래도 좋아요. 하지만 당신도 나와 마찬가지로 어리석
었어요. 부디 행복하세요……. 유리 덮개는 내버려 둬요. 그런 건 이제 필
요 없어요."

"하지만 바람이 불면……."

"내 감기가 그리 대단한 건 아니에요……. 밤의 서늘한 공기는 내게 더
좋을 거예요. 나는 꽃이니까요."

"하지만 짐승이……."

"나비와 친구가 되고 싶다면, 두세 마리의 애벌레는 참아야겠지요. 나

비는 무척 아름다운 모양이니까요. 나비가 아니라면 누가 나를 찾아 주겠어요? 당신은 멀리 가 버릴 테니까요. 커다란 짐승들이 와도 조금도 무섭지 않아요. 내게는 발톱이 있으니까요."

그러면서 꽃은 천진난만하게 네 개의 가시를 보여 주었다. 그리고 다시 말을 이었다.

"그렇게 우물쭈물하고 있지 마세요. 화가 나요. 다른 곳으로 떠나기로 결심했으면, 어서 떠나세요."

꽃은 울고 있는 자기 모습을 어린 왕자에게 보이고 싶지 않았던 것이다. 그토록 자존심 강한 꽃이었다······.

10

어린 왕자는 소혹성 325호, 326호, 327호, 328호, 329호, 330호와 가까이 있었다. 그래서 일거리도 구하고 견문도 넓힐 생각으로 그 별들부터 찾아보기로 했다.

첫 번째의 별에는 왕이 살고 있었다. 그 왕은 주홍빛이 나는 천과 흰 담비 모피로 된 옷을 입고, 매우 검소해 보이면서도 위엄있는 옥좌에 앉아 있었다.

"아! 신하가 한 명 왔구나!"

어린 왕자를 보자 왕이 큰소리로 외쳤다.

어린 왕자는 의아스럽게 생각했다.

'나를 한 번도 본 적이 없는데 어떻게 나를 알아볼까?'

왕에게는 세상이 아주 간단하다는 것을 어린 왕자는 몰랐던 것이다. 왕에게 있어서는 모든 사람이 다 자신의 신하인 것이다.

"너를 좀더 자세히 볼 수 있도록 가까이 다가오라."

겨우 누군가의 왕 노릇을 하게 된 것이 몹시 자랑스러워진 왕이 말했다.

어린 왕자는 앉을 자리를 찾았으나, 그 별은 흰 담비 모피의 그 호화스러운 망토로 온통 다 뒤덮여 있어서 앉을래야 앉을 수가 없었다. 그래서

어린 왕자는 가만히 선 채로 있었지만, 몹시 피곤했으므로 하품을 했다.

"왕 앞에서 하품하는 것은 예의에 어긋나는 일이니라. 이제부터 내 앞
에서는 하품을 하지 말도록 하여라."

왕이 말했다.

"하품을 참을 수가 없어요. 저는 오랫동안 여행을 해서 잠을
자지 못했거든요……."

어리둥절해진 어린 왕자가 말했다.

"그렇다면 네게 명하노니 하품을 하도록 하라. 하품하는

걸 본 지도 몇 해가 지났는지 모르겠구나. 하품하는 모습은 신기한 구경 거리니라. 자! 또 하품을 하라. 명령이니라."

왕이 말했다.

"그렇게 말씀하시니까 겁이 나서…… 하품이 나오지 않는군요……."

어린 왕자는 얼굴을 붉히며 말했다.

"어흠! 어흠! 그렇다면……. 명하노니 어떤 때는 하품을 하고 또 어떤 때는……."

왕이 대답했다.

왕은 뭐라고 중얼중얼했다. 화가 난 것 같았다.

왕은 자신의 권위가 존중되기를 무엇보다도 바라고 있었기 때문이었다. 누구든지 명령을 어기는 것은 용서할 수 없었다. 그는 절대 군주였다. 하지만 매우 선량했으므로 무리한 명령은 내리지 않았다.

"만일 내가 어떤 장군에게 물새로 변하라고 명령했는데, 장군이 이 명령에 따르지 않았다면, 그건 그 장군의 잘못이 아니라 명령을 내린 나의 잘못이니라."

왕은 평상시에 늘 이런 말을 하곤 했다.

"앉아도 좋습니까?"

어린 왕자가 조심스럽게 물었다.

"네게 앉기를 명하노라."

흰 담비 모피로 된 망토 한 자락을 위엄있게 걷어올리며 왕이 대답했다.

그러나 어린 왕자는 정말 이상했다. 이렇게 작은 별인데, 왕은 도대체 무엇을 다스리고 있는 것일까?

"폐하, 한 가지 여쭈어 봐도 좋을까요?"

"네게 명하노니, 질문을 하라."

"폐하……. 폐하는 무엇을 다스리고 계신지요."

"모든 것을 다스리노라."

퍽이나 간단히 왕이 대답했다.

"모든 것을요?"

왕은 신중한 몸짓으로 그의 별과 다른 별들, 그리고 떠돌이 별들을 가리켰다.

"그 모든 것을요?"

어린 왕자가 또 물었다.

"그 모든 것을 다스리노라……."

왕이 대답했다.

왕은 절대 군주였을 뿐 아니라 온 우주의 군주이기도 했던 것이다.

"그러면 저 별들도 폐하의 명령에 따라야 하나요?"

"물론이니라. 나는 무질서한 것을 용서치 아니하느니라."

왕이 말했다.

굉장한 권력을 가진 왕이구나, 하고 어린 왕자는 놀랐다. 그리고 만일 어린 왕자 자신도 그런 권력을 가질 수 있다면, 의자를 움직이는 수고를 하지 않고도 하루에 해가 지는 모습을 마흔세 번이 아니라, 일흔 두 번, 아니, 백 번, 이백 번이라도 볼 수 있을 거라고 생각했다. 그래서 멀리 남겨 놓고 온 자신의 작은 별에 대한 추억 때문에 조금 슬퍼졌다. 그래서 어린 왕자는 용기를 내어 왕에게 부탁을 해 보았다.

"저는 해가 지는 것을 보고 싶습니다. 제 소원을 들어 주십시오……. 해가 지도록 명령해 주십시오……."

"내가 어떤 장군에게 나비처럼 이 꽃에서 저 꽃으로 날아다닐 것을 명령하거나, 비극을 한 편 쓰라고 명령하거나, 또는 물새로 변하도록 명령했는데 그 장군이 그 명령에 따르지 않는다면 그가 잘못일까, 내가 잘못일까?"

"폐하의 잘못이죠."

어린 왕자가 자신 있게 말했다.

"그렇지. 사람에게는 그가 이해할 수 있는 것을 요구해야 하는 법이니라. 권위는 무엇보다도 이성에 근거를 두어야 하느니라. 만일 네가 너의 백성에게 바다에 빠지라고 명령한다면 그들은 혁명을 일으킬 것이니라. 내가 복종을 요구할 권한을 갖는 것은 나의 명령들이 이치에 맞는 까닭이다."

왕은 말을 계속했다.

"그럼, 제가 해 지는 것을 보게 해 달라고 한 것은요?"

한번 한 질문은 절대로 잊어버리지 않는 어린 왕자가 일깨웠다.

"해가 지는 것을 너에게 보여 주겠노라. 내가 요구하겠노라. 하지만 내 통치 기술에 따라 조건이 갖추어지길 기다리겠노라."

"언제 그렇게 되나요?"

어린 왕자가 물었다.

"에헴, 에헴! 오늘 저녁……. 오늘 저녁…… 일곱 시 사십 분이니라! 내 명령이 얼마나 잘 이행되는지 너는 보게 될 것이다."

왕이 대답했다.

어린 왕자는 하품을 했다. 해지는 것을 못 보게 된 것이 섭섭했다. 어린 왕자는 어느새 조금 싫증이 나 있었다.

"저는 이제 여기서 할 일이 없군요. 다시 떠나겠습니다!"

"떠나지 말라. 떠나지 말라. 너를 대신으로 삼겠노라!"

신하가 한 사람 있게 된 것이 몹시 자랑스러운 왕이 대답했다.

"무슨 대신요?"

"저……. 법무 대신이니라!"

"하지만 재판 받을 사람이 아무도 없는데요!"

"그건 모를 일이지. 나는 아직 나의 왕국을 돌아본 일이 없느니라. 나는 매우 나이가 많은 데다가 사륜 마차를 둘 자리도 없고, 걸어다니자니 피곤하거든."

왕이 말했다.

"아! 제가 벌써 다 보았어요."

허리를 굽혀 별의 저쪽을 다시 한번 바라보며 어린 왕자가 말했다.

"저쪽에도 아무도 없는데요……."

"그러면 네 자신을 심판하거라. 그것이 가장 어려운 일이니라. 다른 사람을 심판하는 것보다 자기 자신을 심판하는 게 훨씬 더 어려운 법이거든. 네가 너 스스로를 훌륭히 심판할 수 있다면 그건 네가 참으로 지혜로운 사람인 까닭이니라."

왕이 대답했다.

"저를 심판하는 일은 어디서든 할 수 있어요. 굳이 여기에 있을 필요는 없습니다."

어린 왕자가 말했다.

"에헴! 에헴! 내 별 어딘가에 늙은 쥐 한 마리가 있다. 밤이면 무엇을 하는지 긁는 소리가 들리느니라. 그 늙은 쥐를 심판하거라. 때때로 그 쥐를 사형에 처해도 좋다. 그러면 그 쥐의 생명이 너의 심판에 달려 있게 될 것이다. 그러나 매번 그 쥐에게 특사를 내려 그 쥐를 아끼도록 하라. 단 한 마리밖에 없는 까닭이니라."

왕이 대답했다.

"저는 사형 선고를 내리는 건 싫습니다. 나는 아무래도 떠나야겠습니다."

어린 왕자가 대답했다.

"가지 마라."

왕이 말했다.

어린 왕자는 이미 떠날 채비를 끝마쳤으나, 늙은 왕을 슬프게 하고 싶지 않았다.

"폐하의 명령이 지켜지길 원한다면 제게 이치에 맞는 명령을 내려 주시면 되지 않겠습니까. 이를테면 1분 안으로 떠나도록 제게 명령하실 수 있으시잖아요. 지금 조건이 좋은 것 같습니다……."

왕이 아무 대답도 하지 않았으므로, 어린 왕자는 좀 머뭇거리다가 한숨을 내쉬고는 길을 떠났다.

"너를 내 대사로 명하노라!"

왕은 매우 위엄에 넘치는 표정을 지으며 외쳤다.

'어른들은 참 이상하군.'

어린 왕자는 여행하면서 속으로 중얼거렸다.

11

두 번째의 별에는 허영심에 가득 찬 사람이 살고 있었다.

"아! 저기 나를 찬양하는 사람이 찾아오는군!"

어린 왕자를 보자마자, 허영심에 가득 찬 사람이 멀리서부터 외쳤다.

허영심에 가득 찬 사람의 눈으로 보면 다른 사람들은 모두 자기를 찬양해 주는 사람들로 보이는 것이다.

"안녕하세요? 이상한 모자를 쓰고 계시군요."

어린 왕자가 인사했다.

"이건 인사를 하기 위한 거지. 나에게 사람들이 환호를 보낼 때 인사하기 위해서야. 그런데 불행히도 이리로 지나가는 사람이 아무도 없어."

허영심에 가득 찬 사람이 대답했다.

"뭐라구요?"

무슨 말인지 알아듣지 못한 어린 왕자가 물었다.

"두 손을 마주 쳐 봐요. 이렇게."

허영심에 가득 찬 사람이 가르쳐 주었다.

어린 왕자는 두 손을 마주쳤다. 그러자 허영심에 가득 찬 사람은 모자를 들어올리며 점잖게 인사했다.

'왕을 방문할 때보다 더 재미있는걸.'

어린 왕자는 속으로 중얼거렸다.

그래서 어린 왕자는 다시 두 손을 마주 두드렸다. 이번에도 허영심에 가
득 찬 사람이 모자를 들어올리며 인사를 했다.

5분 동안이나 박수를 치고 나니, 어린 왕자는 그만 재미가 없어졌다.

"모자를 떨어뜨리려면 어떻게 해야지요?"

어린 왕자가 물었다.

그러나 허영심에 가득 찬 사람의 귀에는 어린 왕자의 말이 들리지 않았다. 허영심에 가득 찬 사람들에게는 오로지 칭찬의 말만 들리는 법이다.

"너는 정말로 나를 찬양하지?"

허영심에 가득 찬 사람이 어린 왕자에게 물었다.

"찬양한다는 게 뭐예요?"

"찬양한다는 건 내가 이 별에서 가장 잘생기고, 가장 옷을 잘 입고, 가장 부자이고, 가장 똑똑하다고 인정해 주는 거지."

"하지만 이 별엔 아저씨 혼자밖에 없잖아요!"

"나를 기쁘게 해 줘. 그렇게 나를 찬양해 줘."

"아저씨를 찬양해요. 그런데 그게 아저씨에게 무슨 상관이 있지요?"

약간 어깨를 으쓱하면서 어린 왕자가 말했다.

그리고 어린 왕자는 그 별을 떠났다.

'어른들은 정말 이상하군.'

어린 왕자는 여행을 하면서 속으로 중얼거렸다.

12

그 다음의 별에는 술꾼이 살고 있었다.

어린 왕자는 그 별에는 그저 잠시 들렀을 뿐이었지만, 기분이 몹시 우울해졌다.

"뭘 하고 있어요?"

빈 병 한 무더기와 술이 가득 차 있는 병 한 무더기를 앞에 놓고, 말 없이 앉아 있는 술꾼을 보고 어린 왕자가 말했다.

"술을 마시고 있지."

금세라도 울 것만 같은 침울한 표정으로 술꾼이 대꾸했다.

"왜 술을 마셔요?"

어린 왕자가 물었다.

"잊기 위해서지."

술꾼이 대답했다.

"무엇을 잊기 위해서요?"

어린 왕자는 술꾼이 불쌍해져서 물었다.

"부끄럽다는 걸 잊기 위해서지."

머리를 숙이며 비밀을 고백하듯 술꾼이 대답했다.

"뭐가 부끄럽다는 거지요?"

술꾼을 위로해 줄 생각으로 어린 왕자가 다시 물었다.

"술을 마시는 게 부끄러워!"

이렇게 말하고 술꾼은 침묵을 지켰다.

그래서 어린 왕자는 당황하여 길을 떠나 버렸다.

'어른들은 정말 이상하군.'

어린 왕자는 여행을 하면서 혼자 속으로 중얼거렸다.

13

네 번째의 별은 실업가의 별이었다. 그 사람은 어찌나 바쁜지 어린 왕자가 찾아왔는데도 고개조차 들지 않았다.

"안녕하세요? 담뱃불이 꺼졌군요."

어린 왕자가 인사했다.

"셋에다 둘을 더하면 다섯, 다섯에 일곱을 더하면 열둘, 열둘에 셋을 더하면 열다섯, 안녕. 열다섯에 일곱을 더하면 스물둘, 스물둘에 여섯을 더하면 스물여덟. 어휴, 담뱃불을 붙일 시간도 없구나. 스물여섯에 오를 더하면 서른하나라. 후유! 그러니까 5억 1백6십2만 2천7백31이 되는구나."

"무엇이 5억인데요?"

"응? 너 아직도 거기 있었니? 저…….5 억 1백만……. 도무지 틈을 낼 겨를이 없구나…….너무 바빠서. 나는 중대한 일을 하는 사람이야. 쓸데없는 소리할 시간이 없어! 둘에다 다섯을 더하면 일곱……."

"무엇이 5억이에요?"

일단 한 질문은 절대로 포기해 본 적이 없는 어린 왕자가 다시 물었다.

실업가는 고개를 들었다.

"나는 이 별에서 54년 동안 살고 있는데, 그 동안 내가 방해를 받은 적

은 딱 세 번뿐이야. 첫번째는 22년 전이었는데, 어디서 날아왔는
지 모를 웬 풍뎅이가 날 방해했어. 그게 어찌나 요란한 소리를 내는지 계
산이 네 군데나 틀렸었지. 두 번째는 11년 전이었는데, 신경통 때문이었
어. 난 운동 부족이거든. 산책할 시간이 없으니까. 난 아주 중대한 일을
하는 사람이라서 그래. 세 번째는……. 바로 지금이야! 가만 있자, 5억 1
백 만이었겠다……."

"무엇이 5억 1백만이라는 거지요?"

실업가는 절대 어린 왕자의 질문에서 벗어날 수 없다는 것을 깨달았다.

"때때로 하늘에 보이는 그 작은 것들 말이다."

"파리요?"

"아니, 그게 아니다. 반짝반짝 빛나는 작은 것들 말이다."

"꿀벌요?"

"아니, 그게 아니야. 금빛으로 빛나는 작은 것들 말이다. 게으름뱅이들에게 엉뚱한 꿈을 꾸게 하는 작은 것이다. 하지만 나는 중요한 일을 하고 있기 때문에, 엉뚱한 꿈을 꿀 시간이 없어."

"그렇군요! 별말이군요?"

"그래. 별이야."

"5억의 별들을 가지고 뭘 하는 거지요?"

"5억 1백6십2만 2천7백31개야. 나는 매우 중요한 일을 하고 있으니까, 이 숫자는 틀림이 없어."

"하지만 그 별들 가지고 뭘 하는 거예요?"

"뭘 하느냐고?"

"네."

"아무것도 안 해. 그것들을 가지고 있는 거지."

"별들을 가지고 있다고요?"

"그래."

"지난번에 나는 어떤 왕을 만났는데 그 왕은⋯⋯."

"왕은 아무것도 가지지 않아. 그들은 '다스리지'. 가지는 것과 다스리는 것은 아주 다른 얘기야."

"그러면 아저씨는 그 별들을 가지면 도대체 어디에 쓸모가 있는 건가요?"

"부자가 되는 데에 쓸모가 있단다."

"부자가 되면 쓸모가 있나요?"

"누군가 다른 별들을 발견하면 그것을 살 수 있지."

'이 사람도 아까의 그 술꾼처럼 말하고 있군.'

어린 왕자는 생각했다.

그래도 어린 왕자는 질문을 계속했다.

"어떻게 하면 별들을 자기 것으로 할 수 있지요?"

"대체 별의 주인은 누구지?"

실업가는 화가 난 듯이 어린 왕자에게 되물었다.

"나는 잘 모르겠지만, 그 누구의 것도 아니라고 생각해요."

"그러니까 내 것이지. 내가 가장 먼저 별을 가질 생각을 했으니까."

"생각하는 것만으로 아저씨 것이 되는 거예요?"

"그렇고말고. 만일 네가 임자 없는 다이아몬드를 발견했다면 그것은 당연히 네 것이 되는 것이다. 임자가 없는 섬을 발견했다면 그건 네 것이 되는 거지. 또 누구보다도 먼저 네가 어떤 기막힌 생각을 해냈으면 그것으로 특허를 내지. 그러면 그것은 네 것이 되는 거야. 그래서 나는 별들을 가지고 있는 거야. 나보다 먼저 별들을 가질 생각을 한 사람은 아무도 없었거든."

"그도 그렇군요. 그렇지만 아저씨는 별들을 가지고 뭘 하시려고요?"

어린 왕자가 말했다.

"그것들을 관리하지. 세어 보고 또 세어 보고 하지. 그건 힘든 일이야. 하지만 나는 분명한 사람이거든!"

이러한 설명을 듣고도, 어린 왕자는 도무지 이해할 수가 없었다.

"나는요, 머플러를 하나 가지고 있는데, 그것을 목에 두르고 다닐 수가 있어요. 또 꽃을 가지고 있을 때는 그 꽃을 꺾어 가지고 다닐 수가 있고. 하지만 아저씨는 별들을 딸 수는 없잖아요!"

"그럴 수는 없지. 하지만 그것들을 은행에 맡길 수 있지."

"그게 무슨 뜻이에요?"

"조그마한 종이에다 내가 가지고 있는 별들의 숫자를 적어서 그것을 서랍에 넣고 잠근단 말이야."

"그뿐이에요?"

"그뿐이지."

'그거 재미있는데, 제법 시적이고. 하지만 그렇게 중요한 일은 아니군.' 어린 왕자는 생각했다.

어린 왕자는 중요한 일에 대해서 어른들과 매우 다른 생각을 가지고 있었다.

"나는 꽃을 한 송이를 가지고 있는데, 꽃에게 날마다 물을 길어다 줘요. 화산도 세 개 가지고 있기 때문에, 1주일에 한 번 그을음을 털어 내고 대청소를 해 줍니다. 불을 뿜지 않는 화산도 청소하구요. 언제 폭발할지 알 수 없으니까요. 내가 화산이나 꽃을 가지고 있으면 그것이 조금은 화산이나 꽃을 위한 일이 되기도 합니다. 하지만 아저씨는 별들에게 유익한 일을 조금도 하지 않잖아요……."

실업가는 무슨 말을 하려고 입을 열었으나 얼른 대답할 말을 찾아 내지 못했다. 그래서 어린 왕자는 그곳을 떠나 버렸다.

'어른들은 정말 아주 이상해.'

어린 왕자는 여행하면서 혼자 속으로 중얼거릴 뿐이었다.

14

다섯 번째의 별은 무척 흥미로운 별이었다. 그 별은 모든 별들 중에서 크기가 가장 작은 별이었다.

그 별에는, 가로등 하나와 가로등을 켜는 사람이 있을 자리밖에 없었다.

하늘 한 구석, 집도 없고, 사람도 살지 않는 별에서 가로등과 가로등 켜는 사람이 무슨 소용이 있는지, 어린 왕자는 아무리 생각해도 이해할 수가 없었다.

그렇지만 어린 왕자는 속으로 중얼거렸다.

'이 사람도 어리석은 사람이구나. 그래도 왕이나 허영심에 가득 찬 사람이나 실업가, 혹은 술꾼보다는 덜 어리석은 사람일 거야. 어쨌든 이 사람이 하는 일은 무언가 의미가 있어. 가로등을 켤 때는 별 하나를, 꽃 한 송이를 활짝 피어나게 하는 것이나 같은 거야. 그가 가로등을 끌 때면 그 꽃이나 그 별을 잠들게 하는 거고. 그거 굉장히 아름다운 직업이군. 아름다우니까 정말 유익한 것이지.'

그 별에 다가가자 어린 왕자는 가로등을 켜는 사람에게 공손히 인사했다.

"안녕, 아저씨. 왜 지금 가로등을 껐나요?"

"난 정말 고된 직업을 가졌어."

"안녕, 그건 명령이야."

가로등을 켜는 사람이 대답했다.

"명령이 뭐예요?"

"내 가로등을 끄라는 명령이지. 좋은 저녁이구나, 잘 자."

하고 말하며 그는 다시 불을 켰다.

"그런데 왜 지금 막 가로등을 다시 켰지요?"

"명령이야."

가로등을 켜는 사람이 말했다.

"무슨 말인지 모르겠는데요."

"알든 모르든 나는 상관 없어. 명령은 명령이니까. 좋은 아침이구나. 안녕."

가로등을 켜는 사람이 말하고는 다시 가로등을 껐다.

그런 다음 그는 바둑판 무늬의 빨간 손수건으로 이마의 땀을 닦았다.

"난 정말 힘든 직업을 가졌어. 전에는 별로 힘이 안 들었는데. 아침에 불을 끄고 저녁이면 다시 켰었지. 그래서 낮에는 쉬고, 밤에는 잠을 잘 수 있었거든……."

"그럼 명령이 바뀌었나요?"

"명령은 바뀌지 않았지! 바로 그게 문제란 말이야. 이 별은 해가 갈수록 빨리 돌고 있는데 명령은 바뀌지 않으니……."

가로등을 켜는 사람이 말했다.

"그래서요?"

어린 왕자가 말했다.

"그래서 이제는 이 별이 1분마다 한 바퀴씩 돌기 때문에 나는 단 1초도 쉴 새가 없는 거야. 1분마다 한 번씩 껐다가 켰다가 해야 하는 거지."

"참 이상하네요! 아저씨네 별에서는 하루가 1분이라니!"

"조금도 이상한 일이 아니다. 우리는 벌써 한 달 동안 이야기를 한 거라고."

가로등을 켜는 사람이 말했다.

"한 달이나요?"

"그래. 30분이니까 30일이지! 어, 좋은 저녁이구나, 잘 자."

그리고 그는 다시 가로등을 켰다.

어린 왕자는 그의 얼굴을 가만히 바라보았다. 그리고 이렇게 명령을 잘 지키는 가로등을 켜는 사람이 좋아졌다. 그러자 전에 의자를 뒤로 조금씩 움직이면서 해지는 광경을 보고 싶어하던 일이 생각났다. 어린 왕자는 문득 이 사람을 도와 주고 싶었다.

"저어……, 내가 당신이 쉬고 싶을 때에 쉴 수 있는 방법을 한 가지 알고 있는데요……."

"나는 언제나 쉬고 싶지."

가로등을 켜는 사람이 말했다.

역시 사람이라면 누구나 성실하면서도 또 한편으로는 게으름을 부리고 싶은 마음이 있는 것이다.

어린 왕자는 말을 계속했다.

"아저씨의 별은 아주 작으니까 세 발자국만 옮겨 놓으면 한 바퀴 돌 수 있어요. 언제나 햇빛 속에 있으려면 천천히 걸어가기만 하면 돼요. 쉬고 싶을 때면 걸어요……. 그러면 하루해가 원하는 만큼 길어질 수 있을 거예요."

"그건 별 도움이 되지 못하겠는걸. 내가 원하는 건 잠을 자는 거니까."

가로등을 켜는 사람이 말했다.

그리고는 가로등을 껐다.

어린 왕자는 더 먼 곳으로 여행을 하면서 이렇게 생각했다.

'저 사람은 다른 모든 사람들, 왕이나 허영심에 가득 찬 사람이나 술꾼, 혹은 실업가 같은 사람들에게 경멸을 받을 거야. 하지만 우스꽝스럽게 보이지 않는 사람은 저 사람뿐이야. 그건 저 사람이 자기 자신이 아닌 다른 일에 골몰하기 때문일 거야.'

어린 왕자는 무언가 걱정스러운 일이 있는 듯 후유 한숨을 쉬고 나서, 또 이렇게 생각했다.

'친구로 삼고 싶은 사람은 저 사람뿐이야……. 그런데 저 사람의 별은 너무 작아. 두 사람이 있을 자리가 없는 별이거든…….'

어린 왕자가 축복 받은 별을 잊지 못하는 것은, 스물네 시간 동안에 1천 4백40번이나 해가 지기 때문이었는데, 그것은 어린 왕자가 차마 스스로에게도 고백하지 못하는 것이었다.

15

여섯 번째의 별은 먼저 번 별보다 열 배나 더 큰 별이었다. 그 별에는 무지하게 커다란 책을 쓰고 있는 늙은 신사 한 분이 살고 있었다.

"야! 탐험가가 하나 오는군!"

어린 왕자를 보며 늙은 신사가 큰소리로 외쳤다.

어린 왕자는 책상 위에 걸터앉아 가쁜 숨을 몰아쉬었다. 벌써 몹시도 긴 여행을 했기 때문이다.

"너는 어디서 왔니?"

늙은 신사가 어린 왕자에게 물었다.

"이 큰 책은 뭐예요? 여기서 뭘 하시는 거지요?"

어린 왕자가 물었다.

"난 지리학자란다."

늙은 신사가 말했다.

"지리학자가 뭐예요?"

"지리학자란, 바다와 강과 도시와 산, 그리고 사막이 어디에 있는지를 아는 사람이지."

"그거 참 재미있네요. 그거야말로 직업다운 직업이군요!"

어린 왕자는 말하고, 지리학자의 별을 한번 둘러보았다. 그처럼
멋진 별을 어린 왕자는 본 적이 없었다.

"할아버지의 별은 참 아름답군요. 넓은 바다도 있나요?"

"그런 것은 몰라."

지리학자가 대답했다.

"그래요?"

어린 왕자는 실망했다.

"그럼 산은요?"

"그것도 몰라."

지리학자가 말했다.

"그럼 도시와 강과 사막은요?"

"그것도 알 수 없다."

"할아버진 지리학자라면서요?"

"그렇지. 하지만 난 탐험가가 아니거든. 나는 탐험가와는 거리가 멀단다. 지리학자는 도시나 강과 산, 바다와 태양과 사막을 돌아다니지 않는다. 지리학자는 아주 중요한 사람이니까 한가로이 돌아다닐 수가 없지. 서재를 떠날 수가 없어. 서재에서 탐험가들을 만나는 거지. 그들에게 여러 가지 질문을 하여 그들의 기억을 기록하는 거야. 탐험가의 기억 중에 매우 흥미로운 게 있으면, 지리학자는 그 사람이 정말 성실한 사람인지 어떤지를 조사한단다."

"어째서요?"

"탐험가가 거짓말을 하면 지리책이 엉뚱하게 되니까 말이지. 탐험가가 술을 너무 마셔도 그렇지."

"그건 왜요?"

어린 왕자가 물었다.

"그건 술에 잔뜩 취한 사람에겐 모든 것이 두 개로 보이거든. 그렇게 되면 지리학자는 산이 하나밖에 없는 곳에다 두 개가 있다고 쓰게 될지도 모르잖아!"

"내가 아는 어떤 사람도 나쁜 탐험가가 될 수 있겠군요?"

어린 왕자가 물었다.

"그럴 수도 있겠지. 그래서 탐험가의 정신 상태가 훌륭하다고 생각될 때는 그의 발견을 조사하는 거지."

"직접 가 보시나요?"

"아니지, 그건 너무 귀찮은 일이거든. 그 대신 탐험가에게 여러 가지 증거물을 가져오라고 하지. 예를 들어 커다란 산을 발견했을 때는 커다란 돌을 몇 개 가져오라고 하는 거란다."

이렇게 말하더니, 지리학자는 갑자기 흥분하여 어린 왕자에게 물었다.

"그런데 너는 멀리서 왔지! 그러니까 너는 훌륭한 탐험가야! 너의 별이 어떤 별인지 이야기해 줘!"

지리학자는 노트를 펼치고 연필을 깎았다. 탐험가의 이야기는 처음에는 연필로 써 놓았다가, 탐험가가 증거를 가져오면 그제야 잉크로 적는 것이다.

"시작해 볼까, 어떤 곳이지?"

지리학자가 물었다.

"글쎄요, 내 별은 그렇게 재미있는 곳은 아니에요. 아주 작은 별이거든요. 화산이 세 개 있어요. 활화산이 두 개이고, 나머지 하나는 휴화산이지요. 하지만 이 화산도 언제 폭발할지 모르지요."

"음, 그야 알 수 없지."

지리학자가 말했다.

"제겐 꽃 한 송이도 있어요."

"우리 지리학자는 꽃에 관해서는 쓰지 않는단다."

지리학자가 말했다.

"왜요? 아주 예쁜 꽃인데요!"

"꽃이란 덧없는 것이거든."

"'덧없다'는 게 무슨 뜻이에요?"

"지리책은 모든 책들 중 가장 귀중한 책이야. 가장 중요한 것이 씌어 있는 책이지. 유행에 휩쓸리는 일 따위는 결코 없다. 산이 위치를 바꾸는 일은 매우 드물고, 넓디넓은 바닷물이 말라 버리는 일도 별로 없는 일이고.

우리는 영원한 것들을 기록하는 거야."

"하지만 휴화산들도 다시 잠에서 깨어날 수도 있어요. 그런데 '덧없다'
는 게 무슨 뜻이에요?"

어린 왕자가 말을 가로막았다.

"화산이 잠들어 있든 깨어 있든 우리에게는 마찬가지야. 우리에게 문제
가 되는 건 산이지. 산은 변하는 일이 없거든."

"그런데 '덧없다' 는 게 뭐예요?"

한번 한 질문은 포기해 본 적인 없는 어린 왕자가 다시 물었다.

"그건 '어느 사이엔가 사라져 없어진다' 는 뜻이지."

"내 꽃도 어느 사이엔가 사라져 없어지나요?"

"물론이지."

'내 꽃은 덧없는 꽃이었구나. 자기 몸을 보호할 수 있는 것이라고는 네
개의 가시밖에 없고! 그런데도 나는 그 꽃을 내 별에 혼자 내버려 두고 왔
구나!'

어린 왕자는 생각했다.

어린 왕자는 처음으로 그 꽃이 보고 싶어 기분이 우울해졌다. 그러나 어
린 왕자는 다시 기운을 내서 지리학자에게 물었다.

"이번에는 제가 어느 별을 구경하는 게 좋을까요?"

"지구라는 별을 구경해 봐. 상당히 평판이 좋은 별이거든……."

지리학자가 대답했다.

어린 왕자는 멀리 남겨 두고 온 자신의 꽃을 생각하면서 다시 길을 떠
났다.

16

일곱 번째의 별은 지구였다.

지구는 지금까지의 별들과는 다르다. 그곳에는 111명의 왕(물론 흑인 나라의 왕을 포함해서)과 7천 명의 지리학자와 90만 명의 실업가, 7백 50만 명의 술꾼, 3억 1천 1백만 명의 허영심에 가득 찬 많은 사람들을 합해서 약 20억의 어른들이 살고 있었다.

전기가 발명되기 전까지는, 여섯 개의 대륙 전체에 46만 2천 5백 11명이라는, 군대만큼 많은 가로등을 켜는 사람들을 두어야 했다는 이야기를 들으면 여러분은 지구가 얼마나 큰지 짐작이 갈 것이다.

그래서 좀 떨어진 곳에서 보면 눈부시게 멋진 광경이 벌어지는 것이다. 그들이 무리 지어 움직이는 모습은 마치 오페라의 발레단처럼 질서 정연하다.

맨 처음은 뉴질랜드와 오스트레일리아의 가로등을 켜는 사람들이 나타났다. 그리고 그 사람들이 가로등을 켜고 잠을 자러 갔다. 그러면 이번에는 중국과 시베리아의 가로등을 켜는 사람들이 춤을 추기 시작한다. 그리고 그들 역시 무대 뒤로 천천히 사라진다. 그러면 이번에는 러시아와 인도의 가로등을 켜는 사람들이 나타나는 것이다. 그 다음에는 아프리카와

유럽의 가로등을 켜는 사람들, 또 그 다음에는 남아메리카의 가로등을 켜는 사람들, 또 그 다음에는 북아메리카의 가로등을 켜는 사람들이 차례로 나타났다. 이런 식으로, 그들은 무대에 나타나는 순서를 단 한 번도 엇갈리는 일이 없었다. 그것은 참으로 멋진 광경이었다.

다만, 북극에 단 하나밖에 없는 가로등을 켜는 사람과 남극에 하나밖에 없는 그의 동료들만이 아무 일도 하지 않고 한가롭고 태평스러운 생활을 하고 있었다. 그들은 1년에 두 번 일을 할 뿐이다.

17

재치를 부리려다 보면 조금 거짓말을 하는 경우가 있다. 나는 가로등을 켜는 사람들에 대해 이야기를 할 때, 어디까지나 정직했다고는 할 수 없다. 따라서 지구를 잘 알지 못하는 사람들에게 자칫하면 지구에 대한 잘못된 생각을 가지게 할 수도 있는 이야기였다. 인간이 지구에서 차지하고 있는 장소란 실로 아주 작은 것이다. 만일 지구에 사는 20억의 사람들이 어떤 모임에서처럼 서로 좀 바짝바짝 붙어 서 있다면 세로 20마일, 가로 20마일의 광장으로 충분할 것이다. 그들을 태평양의 아주 작은 섬 한 곳에 몰아넣을 수도 있을 것이다.

물론 어른들은 이런 말을 하면 믿지 않을 것이다. 그들은 자신들이 굉장히 많은 자리를 차지하고 있다고 생각하기 때문이다. 그들은 자신들이 바오밥 나무처럼 중요하다고 생각하고 있다. 그러니까 여러분들은 그들에게 계산을 해 보라고 권해야 한다. 그들은 본디 숫자를 좋아하니까. 그러면 그들은 몹시 기뻐할 것이다.

하지만 여러분은 그런 쓸데없는 일로 시간을 낭비해서는 안 된다. 그것은 정말 쓸데없는 것이니까 말이다. 여러분은 내 말을 믿지 않는가.

그런데, 어린 왕자는 지구에 발을 들여놓았을 때 사람이라고는 아무도 없었으므로 몹시 놀랐다. 잘못해서 다른 별로 찾아온 게 아닌가 겁이 났던 것이다. 바로 그때, 달빛을 한 둥그런 고리가 모래 속에서 움직이는 것이 보였다.

"안녕."

어린 왕자는 꼭 누구에게라고 할 것도 없이 말했다.

"안녕."

뱀이 대꾸했다.

"지금 내가 도착한 별이 무슨 별이지?"

어린 왕자가 물었다.

"지구야. 아프리카지."

뱀이 대답했다.

"아하, 그렇구나……. 그럼 지구에는 사람이 하나도 없니?"

"거긴 사막이야. 사막에는 아무도 살지 않아. 지구는 커다랗거든."

뱀이 말했다.

어린 왕자는 돌에 걸터앉아 하늘을 올려다보았다.

"누구든 언제라도 다시 자기 별을 찾아 낼 수 있게 별들이 빛나고 있는 건지도 몰라. 내 별을 바라봐. 바로 우리들 위에 있어……. 그런데 어쩌면 저렇게 멀리 있지!"

"아름답구나. 그런데 여긴 무엇 하러 왔니?"

뱀이 물었다.

"난 어떤 꽃하고 다투었어."

어린 왕자가 말했다.

"넌 아주 재미나게 생긴 짐승이구나. 손가락처럼 가느다랗고……."

"흠, 그랬구나?"

뱀이 헛기침을 했다.

둘이는 한동안 잠자코 있었다.

"사람들은 어디에 있지? 사막에선 조금 외롭구나……."

어린 왕자가 마침내 입을 열었다.

"사람들이 있는 데서도 외롭기는 마찬가지야."

뱀이 말했다.

어린 왕자는 한참 동안 뱀을 바라보다가 말했다.

"넌 아주 재미있게 생겼구나. 손가락처럼 가느다랗고……."

"그래도 난 왕의 손가락보다도 힘이 더 세단다."

뱀이 말했다.

어린 왕자는 미소를 지었다.

"넌 그렇게 세지 못해……. 발도 없고……. 여행도 할 수 없잖아……."

"난 배보다 더 먼 곳으로 너를 데려다 줄 수 있어."

뱀은 이렇게 말하고는 팔찌처럼 어린 왕자의 발목에 감겨 붙었다. 그리고 또 말했다.

"나를 건드리는 사람마다 그가 나왔던 땅으로 돌려보내 주지. 하지만 너는 순진하고 또 다른 별에서 왔으니까……."

어린 왕자는 아무 말도 하지 않았다.

"네가 측은해 보이는구나. 너같이 약한 사람이 돌투성이이고 딱딱한 이런 지구에 오다니. 네 별이 몹시 그리워져서 돌아가고 싶을 때면 언제라도 말해. 내가 너를 도와 줄 수 있을 거야. 난……."

"그래, 그래! 잘 알았어. 그런데 너는 왜 그렇게 수수께끼 같은 말만 하니?"

"난 그 모든 걸 해결할 수 있어."

뱀이 말했다.

그리고 둘은 아무 말도 하지 않았다.

18

어린 왕자는 사막을 가로질러 갔는데, 그 동안 오직 한 송이의 꽃을 만났을 뿐이었다. 석 장의 꽃잎을 가진, 정말 볼품이라곤 없는 꽃이었다.

"안녕."

어린 왕자가 인사했다.

"안녕."

꽃도 인사했다.

"사람들은 어디에 있지?"

어린 왕자는 정중하게 물었다.

그 꽃은 언젠가 상인들이 무리를 지어 지나가는 것을 본 적이 있었다.

"사람들이라구? 한 예닐곱 명은 될 거야. 몇 년 전에 그들을 본 적이 있어. 하지만 그들이 지금 어디에 있는지는 알 수 없어. 그들은 바람에 불려 다니거든. 뿌리가 없어서 몹시 어렵게들 살고 있어."

"잘 있어."

어린 왕자가 작별 인사를 했다.

"그래, 잘 가."

꽃도 인사했다.

19

어린 왕자는 어떤 높은 산 위로 올라갔다. 어린 왕자가 이제까지 알고 있던 산은, 높이가 자신의 무릎 정도밖에 안 되는 세 개의 화산이 고작이 었다. 휴화산은 걸상으로 이용하곤 했었다. 그래서 어린 왕자는 생각했 다.

'이 산처럼 높은 산에서는 이 별과 사람들 모두를 한눈에 볼 수 있을 거 야⋯⋯.'

그러나 바늘 끝처럼 뾰족뾰족한 산봉우리만 보일 뿐, 어디를 둘러봐도 다른 것은 아무것도 보이지 않았다.

"안녕."

어린 왕자는, 꼭 누구에게라고 할 것도 없이 인사를 했다.

"안녕⋯⋯. 안녕⋯⋯. 안녕⋯⋯."

메아리가 대답했다.

"너는 누구지?"

어린 왕자가 물었다.

"너는 누구지⋯⋯? 너는 누구지⋯⋯? 너는 누구지⋯⋯?"

메아리가 똑같이 대답했다.

'이 별은 메마르고 뾰족뾰족하고 험하군.'

"내 친구가 되어 줘. 나는 외로워."

어린 왕자가 말했다.

"나는 외로워……. 나는 외로워……. 나는 외로워……."

메아리가 대답했다.

'참 이상한 별이야! 메마르고 뾰족뾰족하고 텅 비어 있구나. 게다가 사람들에게는 사람다운 맛이 없어. 남이 한 말을 따라서만 하다니……. 내 별에는 꽃이 한 송이 있었지. 그 꽃은 언제나 먼저 말을 걸어 주었는데…….'

20

그리하여 어린 왕자는, 모래와 바위와 눈 가운데를 오랫동안 걷고 난 끝에 드디어 길을 하나 발견했다. 그런데 길들이란 모두 사람들이 있는 곳으로 통해 있게 마련이다.

"안녕."

어린 왕자가 인사했다.

그곳은 장미꽃이 가득 피어 있는 정원이었다.

"안녕."

장미꽃들이 인사했다.

어린 왕자는 장미꽃들을 바라보았다. 꽃들은 모두 멀리 자신의 별에 두고 온 꽃과 쏙 빼닮았다.

"너희들은 무슨 꽃이니?"

어린 왕자는 깜짝 놀라 물었다.

"우리는 장미꽃이야."

장미꽃들이 합창을 하듯 대답했다.

"아, 그래?"

순간, 어린 왕자는 자신이 아주 불행하다고 생각되었다. 멀리 자신의 별에 두고 온 장미꽃은 언제나 이렇게 말하곤 했다.

"이 세상에 나와 같은 꽃은 어디에도 없어."

그런데 여기에 와 보니 정원 가득 그 꽃과 똑같은 꽃들이 5천 송이도 더 피어 있다니!

'만일 내 꽃이 이걸 보면 몹시 상심할 거야.'

어린 왕자는 생각했다.

'기침을 지독히 해대면서 창피스러운 모습을 감추려고 죽는 시늉을 할 거야. 그러면 나는 그 꽃을 간호해 주는 체하지 않을 수 없겠지. 그렇게 해 주지 않는다면 내게 죄책감을 주려고 정말로 죽어 버릴지도 몰라······.'

어린 왕자는 또 이렇게도 생각했다.

'나는 이 세상에 단 하나밖에 없는 아주 귀한 꽃을 가지고 있다고 생각 했지. 그런데 그것이 사실은 그저 평범한 한 송이의 장미꽃을 가지고 있 었을 뿐이야. 내가 가지고 있던 것은, 흔한 장미꽃 한 송이와 나의 무릎 높 이밖에 안 되는 세 개의 화산. 세 개의 화산 중에 또 하나는 어떤가? 언제 까지나 불을 뿜지 않을지도 모르는 화산이 아닌가······. 이래 가지고서야 내가 어떻게 훌륭한 왕이 될 수 있단 말인가······.'

어린 왕자는 풀밭에 엎드려 엉엉 소리내어 울었다.

그래서 그는 풀숲에 엎드려 울었다.

21

바로 그때 여우가 나타났다.

"안녕."

여우가 인사했다.

"안녕."

어린 왕자는 울음을 그치고 상냥하게 대답하며 몸을 돌려 소리나는 쪽을 보았지만, 아무것도 보이지 않았다.

"여기야, 난 사과나무 밑에 있어."

좀전의 그 목소리가 말했다.

"넌 누구지? 넌 참 예쁘구나……."

어린 왕자가 물었다.

"난 여우야."

여우가 대답했다.

"이리 와서 나하고 놀자. 난 지금 아주 슬프단다……."

어린 왕자가 말했다.

"난 너하고 놀 수 없어. 나는 길들여져 있지 않았거든."

여우가 말했다.

"아! 미안해."

어린 왕자가 말했다.

그러나 잠깐 생각해 본 뒤에 어린 왕자가 물었다.

"'길들인다' 는 게 무슨 뜻이지?"

"인간이라는 동물은 총을 가지고 시냥을 하기 때문에, 우리는 어쩔 도리가 없어. 그들은 닭도 기른단다. 사냥과 닭 기르는 일 외에는, 인간이라는 동물에게는 취미가 없는 모양이야. 그런데 너는 닭을 찾고 있는 거니?"

"아니, 친구를 찾고 있어. 그런데 '길들여진다' 는 게 무슨 뜻이지?"

"요즈음에는 많이 잊혀져 있는 일이지만, 그건 '관계를 맺는다' 는 뜻이야."

여우가 말했다.

"관계를 맺는다고?"

"그래."

여우가 말했다.

"넌 아직 나에겐 수많은 다른 소년들과 다를 바 없는 한 소년에 지나지 않아. 그래서 난 네가 없어도 조금도 불편하지 않아. 너 역시 마찬가지일 거야. 난 너에게 수많은 다른 여우와 똑같은 한 마리 여우에 지나지 않아. 하지만 네가 나를 길들인다면 나는 너에게 오직 하나밖에 없는 존재가 되는 거야……."

"무슨 말인지 조금 이해가 가는 것 같아."

어린 왕자가 말했다.

"꽃 한 송이가 있는데……. 그 꽃이 나를 길들인 것 같아……."

"그럴지도 모르지."

여우가 말했다.

"지구에는 별의별 일이 다 있으니까……."

"아, 아니야! 그건 지구에서의 이야기를 하는 게 아니야."

어린 왕자가 말했다.

여우는 몹시 궁금하여 어린 왕자의 이야기에 귀를 기울였다.

"그럼 다른 별에서의 이야기를 하는 거니?"

"그래."

"그 별에도 사냥꾼들이 있니?"

"아니, 없어."

"그거 참 재미있는데! 그럼 병아리는?"

"없어."

"그래……. 역시 생각대로야. 나는 그 별에 갈 수 없겠는걸."

여우는 한숨을 내쉬었다. 그러나 여우는 곧 기운을 되찾아 하던 이야기로 다시 말머리를 돌렸다.

"나는 날마다 똑같은 생활을 하고 있어. 내가 병아리를 쫓으면, 사람들은 나를 쫓지. 병아리들이 모두 비슷비슷해서 구별하기 어려운 것과 마찬가지로, 사람들도 모두 그 사람이 그 사람으로 별로 다를 게 없어. 그래서 난 좀 심심해. 하지만 네가 나를 길들인다면 내 생활은 환하게 밝아질 거야. 다른 모든 발소리와 구별되는 발소리를 나는 알게 되겠지. 다른 발소리들은 나를 땅 밑으로 기어들어가게 만들 테지만, 너의 발소리가 들려 오면 나는 음악이라도 듣는 기분이 되어 굴 밖으로 뛰어나올 거야! 그리고 저길 봐. 저기 밀밭이 보이지! 난 빵은 먹지 않아. 밀은 내겐 아무 소용이 없는 거야. 밀밭은 나에게 아무것도 생각나게 하지 않아. 그건 서글픈 일이지! 그런데 너는 아름다운 금빛 머리카락을 가졌구나. 네가 나를 길들인다면 밀밭이 아주 멋지게 보일 거야! 누렇게 익어 가는 밀밭을 보면 너를 생각하게 될 테니까. 그리고 밀밭 사이를 스치는 바람 소리도 사랑하게 될 거야……."

여우는 입을 다물고 어린 왕자를 오랫동안 쳐다보았다.

"부탁이야……. 나를 길들여 줘!"

여우가 말했다.

"그래, 나도 그러고 싶어. 하지만 내겐 시간이 많지 않아. 친구들을 찾아야 하고 알아야 할 일도 너무 많거든."

어린 왕자는 대답했다.

"우린 우리가 길들이는 것만을 알 수 있는 거란다."

여우가 말했다.

"사람들은 이제 아무것도 알 시간이 없어졌어. 그들은 가게에서 이미 만들어져 있는 것들을 사거든. 그런데 친구를 파는 가게는 없어. 그러니까 사람들은 이제 친구가 없는 거나 마찬가지지. 친구를 가지고 싶다면 나를 길들이렴."

"어떻게 해야 하는 거지?"

어린 왕자가 물었다.

"참을성이 있어야 해."

여우가 대답했다.

"먼저 내게서 좀 떨어져서 이렇게 풀숲에 앉아 있는 거야. 난 너를 힐끔

힐끔 곁눈질로 쳐다볼 거야. 넌 아무 말도 하지 말아. 말은 오해의 근원이 될 수도 있으니까. 하루하루 날짜가 지나감에 따라, 너는 조금씩 나와 가까운 곳에 다가앉을 수 있게 될 거야……."

다음날, 어린 왕자는 다시 여우가 있는 곳으로 갔다.

"언제나 같은 시각에 오는 게 더 좋을 거야."

여우가 말했다.

"이를테면, 네가 오후 네 시에 온다면 난 세 시부터 행복해지기 시작할 거야. 시간이 흐를수록 난 점점 더 행복해지겠지. 네 시에는 흥분해서 안절부절 못할 거야. 그래서 행복이 얼마나 값진 것인가 알게 되겠지! 아무 때나 오면 몇 시에 마음을 곱게 단장을 해야 하는지 모르잖아. 올바른 규칙이 필요하거든."

"규칙이 뭐야?"

어린 왕자가 물었다.

"그것도 너무 자주 잊혀지는 거야. 그건 어느 하루를 다른 날들과 다르게 만들고, 어느 한 시간을 다른 시간들과 다르게 만드는 거지. 예를 들면 나를 따라다니는 사냥꾼들에게도 규칙이 있어. 그들은 목요일이면 마을의 처녀들과 춤을 추지. 그래서 목요일은 나에게는 신나는 날이지! 그날이 되면 난 포도밭까지 산책을 가기도 해. 그런데 사냥꾼들이 아무 때나 춤을 추면, 하루하루가 모두 똑같이 되어 버리잖아. 그럼 난 하루도 휴가가 없게 될 거고……."

이런 이야기를 하는 동안 어린 왕자는 여우를 길들였다. 어린 왕자가 떠날 시간이 되었을 때 여우가 말했다.

"네가 오후 네 시에 온다면 난 세 시부터 행복해지기 시작할거야."

"아아! 난 울 것만 같아."

"그건 네 잘못이야. 나는 너의 마음을 아프게 하고 싶지 않았어. 하지만 너는 내가 널 길들여 주길 원했잖아……."

어린 왕자가 말했다.

"그건 그래."

여우가 말했다.

"그런데 넌 울려고 그러잖아!"

어린 왕자가 말했다.

"그래, 정말 그래."

여우는 말했다.

"그러면 아무것도 좋아진 게 없잖아!"

"아니, 있어. 밀밭의 색깔이 있으니까."

그리고 여우는 또 이렇게 말했다.

"다시 한 번 장미꽃을 보러 가 보렴. 그러면 너는 너의 장미꽃이 이 세상에 오직 하나뿐이라는 걸 깨닫게 될 거야. 그리고 돌아와서 작별 인사를 해 줘. 그러면 내가 네게 한 가지 비밀을 선물할게."

어린 왕자는 장미꽃을 보러 갔다. 그리고는 이렇게 말했다.

"너희들은 나의 장미와 조금도 닮지 않았어. 너희들은 아직 아무것도 아니야. 아무도 너희들을 길들이지 않았고 너희들 역시 아무도 길들이지 않았어. 너희들은 예전의 내 여우와 같아. 그는 수많은 다른 여우들과 똑같은 여우일 뿐이었어. 하지만 내가 그를 친구로 만들었기 때문에 그는 이제 이 세상에 단 하나뿐이 여우가 되었어."

그러자 장미꽃들은 몹시 부끄러워했다.

어린 왕자는 말을 계속했다.

"너희들은 아름답지만, 단지 피어 있을 뿐이야. 누가 너희들을 위해서 죽을 수 없을 테니까. 물론 나의 꽃은 지나가는 사람들에겐 너희들과 똑같이 생긴 것으로 보이겠지. 하지만 그 꽃 한 송이가 내게는 그 어떠한 장미꽃보다도 더 중요해. 내가 물을 주었던 꽃이거든. 유리 덮개도 씌워 주었지. 바람을 막아 주기 위해 바람막이도 해 주었다구. 애벌레 두세 마리는 나비가 되도록 죽이지 않고 놔 두었지만. 나는 그 꽃의 불평도 들어 주었고, 자기 자랑을 늘어놓는 것도 들어 주었지. 때로는 아무 말도 하지 않고 있으면 걱정이 되어서 왜 그러느냐고 근심스럽게 묻기도 했지. 그건 내 장미꽃이기 때문이야."

그리고 어린 왕자는 여우에게로 돌아갔다.

"잘 있어."

어린 왕자는 여우에게 작별 인사를 했다.

"잘 가."

여우도 어린 왕자에게 작별 인사를 했지만 곧 이렇게 말했다.

"아까 말해 주겠다던 비밀은 이런 거야. 뭐 별 것은 아니야. 어떠한 것을 볼 때 마음으로 보지 않으면 잘 보이지 않는다는 거야. 가장 중요한 건 눈에 보이지 않는단다."

"소중한 것은 눈에 보이지 않는단다……."

어린 왕자는 잊어버리지 않기 위해 여우를 따라 했다. 그러자 여우는 다시 한마디 했다.

"네 장미꽃을 그토록 소중하게 만드는 건 그 꽃을 위해 네가 써 버린 그 시간이란다."

"……내가 내 장미꽃을 위해 써 버린 그 시간이란다……."

이번에도 어린 왕자는 잘 기억하기 위해 여우를 따라 했다.

"사람들은 이런 진리를 잊어버렸어. 하지만 넌 그것을 잊어선 안 돼. 네가 길들인 것에 언제까지나 책임이 있어. 넌 네 장미에 대해 책임이 있어……."

"나는 장미에 대해 책임이 있어……."

잘 기억하기 위해 어린 왕자는 되뇌었다.

22

"안녕."

어린 왕자가 인사했다.

"안녕."

전철수(전철기를 조정하는 철도 종업원)도 인사했다.

"여기서 뭘 하고 계세요?"

어린 왕자가 물었다.

"열차에 타는 손님을 1천 명씩 한 동아리로 하여 갈라 놓고 있단다. 내가 내보내는 열차가 손님을 오른쪽으로 실어 가기도 하고, 왼쪽으로 실어 가기도 하지."

전철수가 대답했다.

그때, 불을 환히 밝힌 급행 열차 한 대가 천둥과 같은 커다란 소리를 내며 달려와, 전철수의 작은 오두막집을 뒤흔들어 놓고는 가 버렸다.

"모두들 몹시 바쁜가 봐요. 뭘 찾고 있는 건가요, 저 사람들은?"

어린 왕자가 물었다.

"글쎄, 그거야 알 수 없지."

전철수가 대답했다.

그때, 이번에는 반대 방향에서 두 번째 불을 밝힌 급행 열차가 요란한 소리를 내며 휙 지나갔다.

"그들은 벌써 되돌아오는 건가요?"

어린 왕자가 물었다.

"저건 아까 그 손님들이 아니다. 아까 지나간 기차와 지금 지나간 열차는 두 대가 서로 엇갈리는 거야."

"자기들이 사는 곳이 마음에 들지 않나 봐요?"

어린 왕자가 물었다.

"사람들은 말이다, 결코 그들이 사는 곳을 마음에 들어하는 일이 없단다."

전철수가 대답했다. 그러자 세 번째의 불을 밝힌 급행 열차가 우렁차게 지나갔다.

"저 사람들은 첫 번째 열차에 타고 있는 손님들을 쫓아가는 건가요?"

어린 왕자가 물었다.

"그들은 아무것도 쫓아가지 않는단다. 저 속에서 잠을 자거나 아니면 하품을 하고 있어. 오직 어린아이들만이 유리창에 코를 납작 대고 있을 뿐이지."

전철수가 대답했다.

"어린아이들만 자신이 무엇을 찾고 있는지를 알고 있는 거예요."

어린 왕자가 말했다.

"그들은 헝겊 인형을 가지고 노느라고 시간을 보내고, 그 인형을 아주 소중하게 여긴답니다. 그래서 사람들이 그것을 빼앗아가기라도 하면 어린아이들은 우는 거지요……."
　"아이들은 행복하군."
　전철수가 말했다.

23

"안녕."

어린 왕자가 인사했다.

"안녕."

장사꾼도 인사를 했다.

그 상인은 목마름을 풀어 주는 새로 나온 알약을 파는 사람이었다. 1주일에 한 알씩 먹으면 목이 마르지 않는다는 약이었다.

"어째서 그런 약을 팔고 있나요?"

어린 왕자가 물었다.

"그건 시간을 굉장히 절약하게 해 주거든. 전문가들이 계산을 해 보았어. 매주 53분씩 절약된다는 거야."

장사꾼이 대답했다.

"그 53분으로 뭘 하는데요?"

"하고 싶은 걸 하지……."

'만일 나에게 마음대로 쓸 수 있는 53분이 있다면, 맑은 샘을 향해 천천히 걸어갈 텐데…….'

어린 왕자는 생각했다.

24

사막에서 비행기가 고장을 일으킨 지 8일째 되는 날이었다.

나는 비축해 두었던 마지막 남은 물 한 방울을 마시며, 장사꾼의 이야기를 끝까지 들은 뒤 어린 왕자에게 이렇게 말했다.

"네 체험담은 참 아름답구나. 하지만 난 아직도 비행기를 고치지 못했어. 마실 거라곤 이제 한 방울도 없어. 그러니 나도 어딘가 샘이 있는 곳을 찾아 천천히 걸어갈 수만 있다면 정말 행복하겠다!"

"내 친구 여우는……."

어린 왕자가 말했다.

"꼬마 친구야. 지금 여우 이야기를 할 때가 아니야!"

"왜요?"

"목이 말라서 죽을 지경이란 말이야……."

어린 왕자는 내 말을 이해하지 못하고 이렇게 말했다.

"죽을 지경이라도 한 친구를 가지고 있었다는 건 좋은 일이야. 난 여우 친구가 있었다는 게 정말 기뻐……."

'이 꼬마는 위험이 어느 정도인지 짐작하지 못하는군.'

나는 생각했다. 어린 왕자는 배고픔도 갈증도 느끼지 않았다. 햇빛만 조금 있으면 어린 왕자에겐 충분했다.

그런데 어린 왕자가 나를 바라보더니 내 마음을 안다는 듯 이렇게 대답했다.

"나도 목이 말라……. 우물을 찾으러 가……."

나는 몹시 피로한 몸짓을 했다. 이렇게 넓은 사막 한가운데에서 무턱대고 우물을 찾아 나선다는 건 바보스러운 짓이라는 생각이 들었기 때문이다. 그런데도 우리는 걷기 시작했다.

몇 시간 동안을 말없이 걷고 나니, 해가 지고 별들이 불을 밝히기 시작했다. 나는 심한 갈증으로 열이 났으므로, 마치 꿈을 꾸듯이 그 별들을 바라보았다.

어린 왕자의 말이 내 기억 속에서 춤을 추고 있었다.

"너도 목이 마르니?"

내가 물었다.

하지만 어린 왕자는 내 물음에 대답하지 않고 그저 이렇게만 말했다.

"물은 마음에도 좋을지 몰라……."

나는 어린 왕자의 대답을 이해하지 못했으나 잠자코 있었다……. 어린 왕자에게 질문해서는 안 된다는 것을 나는 알고 있었다.

이제 어린 왕자는 지쳤다. 그래서 어린 왕자는 주저앉았다. 나도 그 옆에 앉았다. 그러자 잠시 침묵을 지키던 어린 왕자가 다시 입을 열었다.

"별들이 저렇게 아름다운 것은, 눈에 보이지 않는 꽃이 한 송이 있기 때문이야……."

나는,

"그렇지."

라고 대답하고는 말없이 달빛 아래서 주름처럼 펼쳐져 있는 모래 언덕들을 바라보았다.

"사막은 아름다워."

어린 왕자가 다시 말했다.

그것은 사실이었다. 나는 언제나 사막을 사랑해 왔다. 모래 언덕 위에 앉으면 아무것도 보이지 않는다. 아무 소리도 들리지 않는다. 그러나 무엇인가 침묵 속에서 빛나는 것이 있다.

"사막이 아름다운 것은, 어디엔가 샘을 숨기고 있기 때문이야……."

어린 왕자가 말했다.

나는 문득 사막에서 그렇게 신비로운 빛을 내는 것이 무엇인가를 깨닫고 깜짝 놀랐다.

어린 시절 나는 무척 오래된 집에서 살았다. 그런데 전해 오는 이야기에 의하면 그 집에는 보물이 감춰져 있다는 것이었다. 물론 그것을 발견한 사람은 아무도 없었고, 그것을 찾으려는 사람도 아마 없었을 것이다. 그런데도 그 보물 때문에 그 집 전체는 매력에 넘쳐 있었다.

우리 집은 저 가장 깊숙한 곳에 보물을 감추고 있는 것이었다……

"그래. 집이건 별이건 혹은 사막이건 그들을 아름답게 하는 건 눈에 보이지 않는 법이지!"

내가 어린 왕자에게 말했다.

"아저씨도 내 여우하고 같은 생각이어서 기뻐."

어린 왕자가 말했다.

어린 왕자가 잠이 들었으므로 나는 어린 왕자를 안고 다시 걷기 시작했다. 나의 마음은 슬펐다. 마치 깨지기 쉬운 보물을 안고 가는 느낌까지 들었다. 이 지구에는 그보다 더 부서지기 쉬운 게 없는 것 같은 느낌이 들었다. 창백한 이마, 감겨 있는 눈, 바람결에 나부끼는 머리카락을 달빛 아래에서 바라보며 나는 생각했다.

'내가 지금 여기서 보고 있는 건 인간의 겉모습뿐이야. 가장 중요한 건 눈에 보이지 않아……'

반쯤 열린 그의 입술이 보일 듯 말 듯 미소를 띠고 있는 것 같았다. 나는 또 이렇게 생각했다.

'이 잠든 어린 왕자가 나를 이토록 몹시 감동시키는 것은, 꽃 한 송이에 대한 그의 성실성, 그가 잠들어 있을 때에도 램프의 불꽃처럼 그의 마음 속에서 빛나고 있는 한 송이 장미꽃의 모습 때문이야……'

이렇게 생각하자, 어린 왕자가 더욱 부서지기 쉬운 존재라는 짐작이 들었다. 램프의 불은 잘 보호해 주어야 한다. 그것은 한 줄기 바람에도 꺼질 수 있는 것이다.

이런 생각을 하며 걷고 있는 동안에 어느덧 새벽녘이 되었다. 나는 마침내 우물을 발견했다.

25

"사람들은 급행 열차에 올라타지만 그들이 찾으러 가는 게 무엇인지 몰라. 그래서 초조해 하며 제자리에 맴돌고 있어……."

어린 왕자가 말했다. 그리고 어린 왕자는 다시 말을 이었다.

"헛수고를 하고 있는 거야……."

우리가 찾아 낸 우물은 사하라의 우물 같지는 않았다. 사하라 사막에 있는 우물은 그저 모래에 구멍을 파놓은 것과 같은 것이다. 그런데 우리가 발견한 우물은 마을에 있는 우물과 흡사했다. 그러나 그곳에는 마을이라곤 없었다. 그리하여 나는 꿈을 꾸고 있는 듯한 느낌이었다.

"이상하군. 모든 게 준비되어 있잖아. 도르래도, 물통도, 밧줄도……."

내가 어린 왕자에게 말했다.

어린 왕자는 웃으며 두레박줄을 잡고 도르래를 잡아당겼다. 그러자 도르래는, 바람이 오랫동안 잠을 자고 있을 때 낡은 풍차가 삐걱이듯 그렇게 삐걱거렸다.

"아저씨, 들어 봐. 이 우물이 잠에서 깨어나 노래를 하고 있어……."

어린 왕자가 말했다.

나는 어린 왕자에게 힘든 일을 시키고 싶지 않았다.

그는 웃으며 줄을 잡고 도르래를 잡아당겼다.

"내가 할게. 너에겐 너무 힘든 일이야."

나는 천천히 두레박을 우물 가장자리까지 끌어올렸다. 그리고 그것을
돌 위에 떨어지지 않게 올려놓았다. 내 귀에는 도르래의 노랫소리가 아직
도 쟁쟁하게 울렸고, 아직도 출렁이고 있는 물 속에서는 햇살이 일렁이는
게 보였다.

"이 물을 마시고 싶어. 물을 좀 줘……."

어린 왕자가 말했다.

나는, 어린 왕자가 무엇을 찾고 있었는지 알았다.

나는 두레박을 어린 왕자의 입술로 가져갔다. 어린 왕자는 눈을 감고 물
을 꿀꺽꿀꺽 마셨다. 마치 축제일에 맛있는 음식이라도 먹는 것처럼 아주
맛있게…….

그러나 이 물은 보통 음료와는 다른 어떤 것이었다. 그것은 별빛 하늘
아래를 밤새도록 걸은 끝에, 도르래가 삐걱거리는 소리를 들으면서 내 두
팔에 힘을 넣어 퍼올린 물이다. 따라서 그것은 마치 선물을 받았을 때처
럼 마음을 기쁘게 하는 것이었다. 내가 어린 소년이었을 때는 크리스마스
트리의 불빛과 자정 미사의 음악소리와 사람들의 미소의 부드러움이 내가
받는 선물을 마냥 황홀한 것으로 만들어 주곤 했었다.

"아저씨 별의 사람들은 하나의 정원 안에서 장미꽃을 5천 송이나 가꾸
지만……. 자신들이 찾고 있는 것을 거기서 발견하지 못해……."

어린 왕자가 말했다.

"그럴지도 모르지……."

"그렇지만 그들이 찾는 것은 꽃 한 송이나 물 한 모금에서도 있는

데……."

"물론이지."

내가 대답했다.

그러자 어린 왕자는 덧붙였다.

"그러나 눈으로는 보지 못해. 마음으로 찾아야 해."

나도 물을 마셨다. 그리고 나니 숨결이 한결 가벼워졌다. 해가 돋으면 모래가 꿀 빛깔을 띤다. 나는 그 꿀 빛깔에도 행복했다. 괴로워할 필요가 어디 있겠는가…….

"약속을 지켜 줘야 해."

어린 왕자가 속삭이듯이 내게 말하면서 내 옆에 앉아 있었다.

"무슨 약속?"

"약속했잖아……. 내 양의 입에 씌워 줄 입마개 말이야……. 어떤 일이 있어도 난 그 꽃한테 책임이 있어!"

나는 끄적거려 두었던 그 그림을 주머니에서 꺼냈다. 어린 왕자는 그림들을 보고 웃으며 말했다.

"아저씨가 그린 바오밥 나무들은 꼭 양배추같이 생겼어……."

"아, 그건 너무하다! 그래도 나는 바오밥 나무 그림에 대해 몹시 자랑스럽게 생각하고 있었는데!"

"여우는……. 귀가……. 뿔 같아……. 너무 길어!"

그리고 어린 왕자는 또 웃었다.

"그 말은 너무 심하구나. 나는 속이 보이거나 보이지 않는 보아뱀밖에 못 그린다니까!"

"아냐, 괜찮아, 아이들은 알고 있으니까."

어린 왕자가 말했다.

그래서 난 연필로 입마개를 그렸다. 그 입마개를 어린 왕자에게 건네 줄 때에는 가슴이 뿌듯해졌다.

"너는 여러 가지 일을 하려는구나, 내가 모르는······."

그러나 어린 왕자는 그 말에는 대답하지 않고 이렇게 말했다.

"내가 지구에 떨어진 지도······. 내일이면 1년이야······."

그리고는 잠시 묵묵히 있던 어린 왕자가 다시 말을 이었다.

"바로 이 근처에 떨어졌었어······."

어린 왕자는 얼굴이 빨개졌다.

그러자 나는 또다시 원인을 알 수 없는 슬픔이 솟구치는 것을 느꼈다. 그런데도 한 가지 의문이 떠올랐다.

"그러면 1주일 전, 내가 너를 알게 된 날 아침에 사람 사는 고장에서 수천 마일 떨어진 여기서 네가 혼자 걷고 있었던 것은 우연이 아니구나. 너는 네가 떨어진 곳으로 돌아가고 있었구나?"

어린 왕자는 또다시 얼굴이 빨개졌다. 그래서 나는 약간 머뭇거리며 말을 이었다.

"아마 기념일이었기 때문에 그런 거겠지?"

어린 왕자는 또 얼굴이 빨개졌다. 어린 왕자는 묻는 말에는 결코 대답하지 않았으나 얼굴이 빨개진다는 것은 그렇다는 뜻이 아닌가?

"아! 난 조금 무서워졌어."

그런데 어린 왕자는 이렇게 대답하는 것이었다.

"아저씨는 이제 일을 해야 해. 아저씨의 비행기가 있는 곳으로 돌아가. 난 여기서 아저씨를 기다리고 있을 테니 내일 저녁에 돌아와……."

하지만 나는 안심이 되지 않았다. 여우 생각이 났다. 길들여졌을 때는 좀 울게 될 염려가 있는 것이다.

26

우물 옆에는, 오래되어 여기저기 허물어진 돌담이 있었다.

다음날 저녁, 나는 일을 마치고 돌아오면서 보니, 어린 왕자가 그 위에 두 다리를 늘어뜨리고 걸터앉아 있는 것이 멀리서 보였다. 그때 어린 왕자의 목소리가 들려 왔다.

"기억하고 있지 않니? 아무래도 여기는 아닌 것 같아!"

어린 왕자가 다시 대꾸하는 걸로 미루어 또 다른 목소리가 대답하는 듯했다.

"아니야, 아니야. 날짜는 맞지만 장소는 여기가 아니야⋯⋯."

나는 담벽을 향해서 걸어갔다. 보이는 것도 없고, 들리는 것도 없는데도 어린 왕자는 다시 대꾸하고 있었다.

"⋯⋯물론이지. 모래 위의 내 발자국이 어디서 시작됐는지 가서 봐. 거기서 날 기다리면 돼. 오늘 밤 그리로 갈게."

나는 담벽에서 20미터쯤 떨어져 있었는데 여전히 아무도 눈에 띄지 않았다.

어린 왕자는 잠시 침묵을 지키다가 다시 말을 이었다.

"네 독은 좋은 거니? 틀림없이 날 오랫동안 아프게 하지 않을 자신이 있

"그럼 이제 가 봐. 내려갈 테야!" 그가 말했다.

지?"

나는 가슴이 두근거려 우뚝 멈춰 섰다. 아무래도 무슨 이야기인지 도무지 알 수가 없었던 것이다.

"그럼 이제 가 봐. 내려갈 테야!"

그제야 나도 담 밑을 내려다보곤 깜짝 놀라고 말았다! 거기에는 30초 만에 사람의 목숨을 끊어 놓는, 아주 독한 독을 가지고 있는 노란 뱀 한 마리가 어린 왕자를 향해 몸을 꼿꼿이 세우지 않은가.

나는 권총을 꺼내려고 주머니를 뒤지며 막 뛰어갔다. 그러나 내 발소리에 그 노란 뱀은, 물줄기가 잦아들듯 모래 속으로 스르르 미끄러져 들어가더니 가벼운 금속성 소리를 내며 돌틈 사이로 교묘히 몸을 감추어 버렸다.

나는 돌담 밑에 이르러 눈처럼 새하얗게 창백해진 나의 어린 왕자를 가까스로 품에 받아 안았다.

"이게 도대체 무슨 짓이지? 이젠 뱀들과 이야기를 하고 있으니!"

나는 어린 왕자가 늘 목에 두르고 있는 그 금빛 머플러를 풀었다. 관자놀이에 물을 적셔 주고 물을 마시게 했다. 그러나 이제 나는 어린 왕자에게 무어라 물어 볼 용기가 나지 않았다.

어린 왕자는 나를 진지한 빛으로 바라보더니 내 목에 두 팔을 감았다. 카빈총에 맞아 죽어 가는 새처럼 어린 왕자의 가슴이 뛰는 것이 느껴졌다.

"아저씨가 고장난 기계를 고치게 돼서 기뻐. 아저씬 이제 집에 돌아가게 됐지……."

"그걸 어떻게 알지?"

나는 도저히 고칠 수 없을 것 같은 기계를 고친 것이 너무 기뻐 어린 왕자에게 알리려던 참이 아니었던가!

어린 왕자는 내 물음에 아무 대답도 하지 않고 이렇게 덧붙였다.

"나도 오늘 집으로 돌아가……."

그러더니 한층 더 쓸쓸히 말했다.

"하지만 나의 집은 아저씨의 집보다 훨씬 더 먼 곳에 있어……. 훨씬 더 힘이 들어……."

나는 무엇인지 심상치 않은 일이 일어나고 있다는 것을 느낄 수 있었다. 그래서 나는 어린 왕자를 어린 아기처럼 품안에 꼬옥 껴안았다. 그런데도 내가 붙잡을 사이도 없이 어린 왕자는 깊은 심연 속으로 곧장 빠져들어 가고 있는 것만 같은 기분이었다.

어린 왕자는 물끄러미 아득한 곳을 바라보는 듯한 심각한 눈빛이었다.

"나에겐 아저씨가 준 양이 있어. 그리고 그 양을 넣어 둘 상자도 있고. 입마개도 있고……."

어린 왕자는 슬픈 미소를 지었다.

나는 한참 동안 어린 왕자의 상태를 살펴보았다. 어린 왕자는 조금씩 조금씩 몸이 따뜻해지고 있음을 느낄 수 있었다.

"얘, 넌 겁이 났었던 거구나……."

어린 왕자가 무서워하고 있었던 건 틀림없었다! 그러나 어린 왕자는 부드럽게 웃었다.

"오늘 저녁엔 더 무서울 거야……."

나는 아무래도 영영 돌이킬 수 없는 일이 일어나고 있다는 예감에 다시

금 눈앞이 아찔해지는 것을 느꼈다. 어린 왕자의 그 웃음소리를 다시는 들을 수 없게 되리라는 생각이 견딜 수 없는 일임을 나는 문득 깨달았다. 어린 왕자의 웃음은 내게 있어서는 사막의 샘 같은 것이었다.

"얘, 네 웃음소리를 다시 듣고 싶어……."

그러나 어린 왕자는 이렇게 말하는 것이었다.

"오늘 밤으로 꼭 1년이 돼. 나의 별이 내가 작년 이맘때 떨어져 내린 그 장소 바로 위쪽에 있을 거야……."

"얘, 그 뱀이니, 만날 약속이니, 별이니 하는 이야기는 모두 못된 꿈 같은 거 아니니……. 그렇지?"

그러나 어린 왕자는 내 물음에 대답하지 않고 이렇게 말했다.

"중요한 건 눈에 보이지 않아……."

"물론이지……."

"꽃도 마찬가지야. 어느 별에 사는 꽃 한 송이를 사랑한다면, 밤에 하늘을 바라보는 게 매우 즐거운 일일 거야. 어느 별이나 모두 꽃으로 가득 차 있을 테니까."

"응, 그것도 그래……."

"물도 마찬가지야. 아저씨가 내게 마시라고 준 물은 음악 같은 것이었어. 도르래와 밧줄 때문에……. 기억하지……. 물맛이 참 좋았지."

"그래……."

"밤이면 별들을 쳐다봐. 내 별은 너무 작아서 어디 있는지 지금 가르쳐 줄 수가 없어. 하지만 그 편이 더 좋아. 내 별은 아저씨에게는 여러 별들 중의 하나가 되는 거지. 그러면 아저씬 어느 별이든지 바라보는 게 즐겁

게 될 테니까……. 그 별들은 모두 아저씨 친구가 될 거야. 그리고 아저씨에게 내가 선물을 하나 하려고 해……."

어린 왕자는 다시 웃었다.

"아! 바로 그거야, 난 그 웃음소리가 좋다!"

"그게 바로 내 선물이 될 거야……. 그건 물도 마찬가지야……."

"무슨 뜻이지?"

"사람들에 따라 별들은 서로 다른 존재야. 여행하는 사람에겐 별은 길잡이가 되지. 또 어떤 사람들에겐 그저 조그만 빛일 뿐이고. 학자에게는 연구해야 할 대상이고, 내가 만난 실업가에겐 금과 같은 존재지. 하지만 그런 별들은 모두 침묵을 지키고 있어. 아저씬 어느 누구도 갖지 못한 별들을 갖게 될 거야……."

"그건 무슨 말이지?"

"밤에 하늘을 바라볼 때면 내가 그 별들 중의 하나에 살고 있을 테니까. 내가 그 별들 중의 하나에서 웃고 있을 테니까, 모든 별들이 다 아저씨에겐 웃고 있는 것처럼 보일 거야. 아저씬 웃을 줄 아는 별들을 가지게 되는 거야!"

그리고 어린 왕자는 또 웃었다.

"그래서 아저씨의 슬픔이 가셨을 때는 (사람은 언제나 슬픔은 가시게 마련이니까) 나를 알게 된 것을 기뻐할 거야. 아저씨는 언제까지나 나의 친구로 있을 거야. 나와 함께 웃고 싶을 거고. 그래서 이따금 괜히 창문을 열게 되겠지……. 그러면 아저씨 친구들은 아저씨가 하늘을 바라보며 웃는 걸 보고는 굉장히 놀랄 거야. 그러면 그들에게 이렇게 말해 줘. '그래,

별들을 보면 언제나 웃음이 나오거든' 그들은 아저씨가 미쳤다고 생각하겠지. 하하, 그렇게 되면 난 아저씨에게 못된 장난을 한 셈이 되겠지……."

그리고는 어린 왕자는 다시 웃었다.

"그러면 나는, 별 대신 조그만 웃는 방울들을 아저씨에게 한아름 준 셈이 되는 거지……."

그리고 어린 왕자는 또 웃었다. 그러더니 다시 심각한 표정이 되었다.

"오늘 밤은……. 오지 마."

"난 네 곁을 떠나지 않겠어."

"난 아픈 것같이 보일 거야……. 꼭 죽는 것처럼 보일 거야. 그러게 마련이거든. 그런 걸 보러 오지 마. 그럴 필요 없어."

"난 네 곁을 떠나지 않겠어."

내가 이렇게 말해도 어린 왕자는 걱정스러운 얼굴을 하고 있었다.

"내가 이런 말하는 건……. 뱀 때문이야. 뱀이 아저씨를 물면 안 되거든……. 뱀은 무서워. 장난삼아 아저씨를 물지도 모르거든……."

"난 네 곁을 떠나지 않을 거야."

무슨 생각을 했는지 어린 왕자는 안심하는 것 같았다.

"그렇지! 뱀이란 녀석은 두 번째 물 때는 독이 없는 법이지……."

그날 밤, 나는 어린 왕자가 길을 떠나는 걸 보지 못했다. 어린 왕자는 소리없이 사라져 버린 것이다.

뒤쫓아가서 다행히 어린 왕자를 만났을 때, 어린 왕자는 빠른 걸음으로 주저없이 걸어가고 있었다. 어린 왕자는 그저 이렇게 말할 뿐이었다.

"아! 아저씨 왔네……."

그리고는 내 손을 잡았다. 그러나 어린 왕자는 다시 걱정을 했다.

"아저씨가 온 건 잘못이야. 마음 아파할 텐데. 내가 죽은 듯이 보일 테니까. 정말로 죽는 건 아닌데……."

나는 아무 말도 하지 않았다.

"저어, 나의 별은 여기서 너무 멀어. 이 몸을 가지고는 도저히 갈 수가 없어. 몸이 너무 무겁거든."

나는 잠자코 있었다.

"하지만 나의 몸은, 아무 데나 버려진 오래된 껍질과 같은 거야. 그렇다고 슬픈 것은 아니야. 오래된 껍질과 같은 거거든."

어린 왕자는 조금 풀이 죽어 있는 듯이 보였으나, 다시 기운을 내려 애쓰고 있었다.

"참 좋겠지. 나도 별들을 바라볼 거야. 모든 별들은 모두 내게 녹슨 도르래가 있는 우물로 보이게 될 테니까. 별들이 모두 내게 마실 물을 부어 줄 거야……."

나는 여전히 아무 말도 하지 않았다.

"참 재미있겠지! 아저씬 5억 개의 작은 방울들을 가지게 되고, 난 5억 개의 샘물을 갖게 될 테니……."

그리고는 어린 왕자도 더 이상 아무 말이 없었다. 울고 있었기 때문이었다…….

"저기. 나 혼자 걸어가게 내버려 둬 줘."

그러더니 어린 왕자는 그 자리에 앉았다. 무서웠기 때문이었다.

어린 왕자가 다시 말했다.

"아저씨…… 내 꽃말인데……. 나는 그 꽃에 책임이 있어! 더구나 그 꽃은 몹시 약하거든! 너무나 순진하고, 쓸모 없는 네 개의 가시를 가지고 외부 세계에 대해 자기 몸을 보호하려고 하고……."

나는 더 이상 서 있을 수가 없어서 주저앉았다.

어린 왕자가 말했다.

"자…… 이제 다 끝났어……."

어린 왕자는 또 잠깐 망설이더니 다시 일어섰다. 그리고 한 발자국을 내디뎠다. 나는 꼼짝도 할 수가 없었다.

어린 왕자의 발목에서 노오란 한 줄기 빛이 반짝했을 뿐이었다. 어린 왕자는 한순간 그대로 서 있었다. 소리 하나 내지 않았다. 그리고 한 그루의 나무가 쓰러지듯 어린 왕자는 천천히 쓰러졌다. 모래밭이라 작은 소리조차 나지 않았다.

어린 왕자는 두려움에 떨며 그 자리에 주저 앉았다.

나무가 쓰러지듯 그는 천천히 쓰러졌다.

27

그러니까 그게 벌써 여섯 해 전의 일이었다……. 이 이야기를 나는 여태까지 한번도 해 본 적이 없다. 나와 다시 만난 친구들은 내가 살아 돌아온 걸 매우 기뻐했다. 나는 슬펐지만 피곤 때문에 그렇게 보일 뿐이라고 그들에게 말했다.

이제는 내 슬픔도 약간 가셨다. 다시 말해…… 완전히 싹 가셔 버린 것은 아니라는 뜻이다. 하지만 나는 어린 왕자가 자신의 별로 돌아갔다는 걸 알고 있다. 다음날 해가 떴을 때 어린 왕자의 몸이 발견되지 않았던 것이다. 어린 왕자의 몸은 그렇게 무겁지 않았다……. 그래서 밤이면 나는 별들에게 귀 기울이기를 좋아한다. 그것들은 마치 5억 개의 작은 방울들 같았다…….

그런데 이상한 일이 일어나고 있지 않은가! 어린 왕자에게 그려 준 입마개에 가죽끈을 달아 준다는 걸 내가 잊어버린 것이다! 그걸 양에게 잡아맬 도리가 없는 것이다. 그래서 나는 몹시 궁금해 하곤 했다.

'그의 별에게 무슨 일이 일어나고 있을까? 양이 꽃을 먹었을까…….'

어느 때는, '천만에, 먹지 않았겠지! 어린 왕자는 그의 꽃을 밤새도록 유리 덮개로 잘 덮어 놓겠지. 양을 잘 지킬 테고……' 라고 생각해 본다.

그럴 때면 나는 행복해진다. 그러면 모든 별들이 부드럽게 웃는다.

또 어느 때는, '어쩌다가 방심할 수도 있지. 그러면 끝장인데! 어느 날 밤 어린 왕자가 유리 덮개 덮는 것을 깜빡 잊어버렸거나, 양이 밤중에 소리 없이 밖으로 나왔을지도 몰라……' 하는 생각이 들기도 한다.

그러면 작은 방울들은 모두 눈물 방울들로 변한다!

그것은 정말 커다란 수수께끼다. 어린 왕자를 사랑하는 여러분에게는, 나에게도 그렇듯이 이 세상 어딘가에서 우리가 알지 못하는 한 마리의 양이 한 송이 장미꽃을 먹었느냐 먹지 않았느냐에 따라서 천지가 온통 달라지게 될 것이다.

하늘을 바라보라. 생각해 보라. 양이 그 꽃을 먹었을까 먹지 않았을까? 그러면 거기에 따라 모든 것이 얼마나 달라지는지 여러분은 알게 되리라.

그런데 그것이 그다지도 중요한가를 어른들은 아무도 이해하지 못할 것이다!

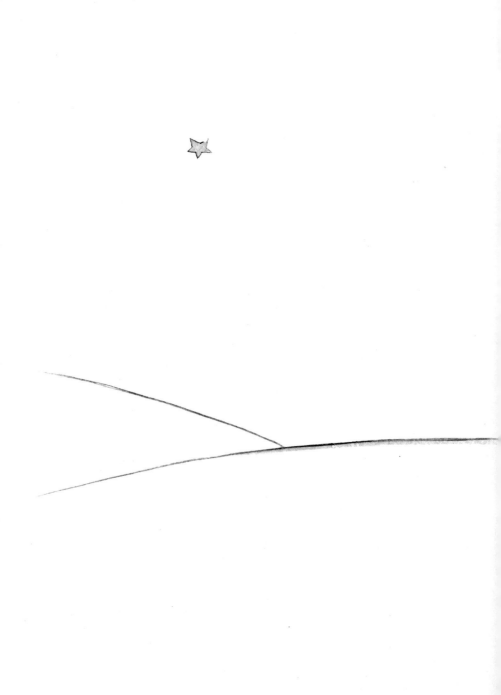

이것은 나에게는 이 세상에서 가장 아름답고 그리고 가장 슬픈 풍경이다. 이것은 앞 페이지의 것과 같은 풍경이지만, 여러분에게 잘 보여 주기 위해 다시 한 번 그린 것이다.

　어린 왕자가 지상에 나타났다가 다시 사라진 곳이 여기다.

　이 그림을 자세히 보아 두었다가 여러분이 언젠가 아프리카 사막을 여행할 때, 이와 똑같은 풍경을 꼭 알아볼 수 있기를 바란다. 그리고 혹시 그리로 지나가게 되거든 발걸음을 서두르지 말고, 잠깐 별빛 밑에서 기다려 보길 간곡히 부탁한다! 그때 만일 한 어린아이가 여러분에게 다가와서 웃으면, 그리고 그의 머리카락이 금빛이면, 그리고 묻는 말에 대답을 하지 않으면 여러분은 그가 누구인지 알아챌 수 있으리라. 그러면 내게 친절을 베풀어 주길! 내가 이처럼 마냥 슬퍼하도록 내버려 두지 말고, 그애가 돌아왔다고 빨리 편지를 보내 주기를…….

작가와 작품 해설

쌩 떽쥐뻬리의 생애와 작품 세계

『어린 왕자』와 『야간 비행』 등의 작품으로 우리에게 '삶은 무엇인가'를 되묻게 해준 앙트완 드 쌩 떽쥐뻬리는 1900년에 프랑스 리용 시에서 출생했다. 그는 12세 때 비행기를 처음 타게 되는데, 이후의 작품에서 비행기는 그의 작품에 중요한 소재로 작용한다. 15세 때에는 동생 프랑스와와 함께 스위스 학원에 기숙하게 되고, 발자크, 보들레르, 도스토예프스키 등의 작품을 탐독하면서 사춘기를 보낸다.

그가 어렸을 때 겪었던 아버지의 죽음은 동생 프랑스와의 죽음으로 이어진다. 쌩 떽쥐뻬리는 이미 이때부터 삶과 죽음에 대해 깊이 생각했을 것으로 추측된다. 17년이라는 짧은 기간 동안 겪어야 했던 두 번의 죽음 앞에서 어쩌면 그는 삶과 죽음의 경계를 감지하고 있었는지도 모른다.

1919년, 19세 되던 해 그는 해군 사관 학교 구두 시험에 실패하고 파리 예술 대학 건축과에 들어가 공부하게 된다. 『어린 왕자』의 삽화를 그가 직접 그리게 된 것은 이때의 미술 공부 덕분일 것이다. 이후 그는 군에 입대하여 스트라스부르의 제2전투기 연대에서 복무하였는데, 처음에는 비행기 수리 공장에 배속되었으나, 후에 전시조종사의 자격증을 따서 조종사가 된다. 이듬해인 1922년에 ≪은선≫이라는 잡지에 그의 처녀작인 중편 『비행사』를 발표한다. 1923년에는 큰 비행기 사고로 두개골 상을 입는다. 그는 직업 공군이 되려고 했지만, 약혼녀의 반대로 소위로 제대한다. 하지만 이 약혼녀와는 결국 파혼하고 만다.

1926년에는 라테코에르 항공 회사에 입사하고 1927년에는 정기 우편 비행에 종사한다. 어렸을 때 맺었던 비행기와의 인연이 본격적으로 그의 인생에 중요한 자리를 차지하게 된다. 이때 그는 『야간 비행』에 등장하는 인물들을 알게 되고, 이 시기의 경험을 토대로 『남방 우편기』를 집필하여 출판한다.

그는 계속해서 항공회사에 근무하며, 조종사로서 눈부시게 활약한다. 이러한 그의 활약이 동인이 되어 30세가 되던 해인 1930년 『야간 비행』을 집필한다. 이 작품으로 이듬해에 페미나 문학상을 받게 되는데, 그만큼 이 작품에 삶에 대한 깊은 통찰력이 담겨 있다고 볼 수 있다. 그 상으로 그는 작가로서 인정받게 된다. 이 작품에는 탑승기의 귀착을 초조하게 기다리는 항공 회사의 직원들과 지배인을 중심으로 어려운 야간 비행에 종사하는 사람들의 모습이 그려져 있다. 끊임없이 죽음의 위기에 직면하면서도 위험을 극복하려는 조종사들의 의지, 개인 생활을 떠나 인간의 존엄성을 확증하는 용기에 찬 행동 등이 윤리성의 추구라는 관점에서 기술되고 았다. 그리하여 이 작품은 휴머니즘의 산물로 일컬어지게 된다. 그는 페미나

문학상을 받은 해에 결혼한다.

그는 결혼 후에도 직업 조종사의 길을 걷는다. 1935년에는 ≪파리 스와르≫지의 특파원으로 소비에트를 여행하던 중 리비아 사막에 비행기가 불시착하게 되는데, 기적적으로 살아난다. 조종사로서의 삶을 살면서 겪은 기적적인 이야기는 1939년에 출간된 『인간의 대지』에 소개된다.

『인간의 대지』는 1938년에 완성하여 1939년에 출간되는데, 미국에서는 이 책이 『바람과 모래와 별들』로 번역되어 출간된다. 이 책은 아카데미 프랑세즈에서 소설 대상을 받는다. 이해 『어린 왕자』를 집필하기 시작하여 1943년에 출간한다. 그 이듬해에는 『성채』를 집필하기 시작하지만 이 작품은 생전에 출간되지 못하고 그가 죽고 난 후에 간행된다. 1942년에는 『전시 조종사』가 출간된다.

『어린 왕자』는 프랑스가 패전하고 나서 쌩 떽쥐뻬리가 미국에 건너가 있는 동안에 쓰여졌고 그곳에서 먼저 발표되었다. 이 작품에서 그는 어린 왕자라는 맑고 깨끗한 어린이의 눈을 통해 잊혀졌던 진실들을 일깨워주고 있다. 속이 보이지 않는 보아구렁이의 그림으로부터 시작하여 가장 중요한 것은 눈으로는 볼 수 없고 마음으로 보아야 한다는 것, 길들인 것에 대하여 책임을 져야 한다는 것이 이 작품의 중심 내용이다. 이 작품을 통해 쌩 떽쥐뻬리는 인간애가 넘치는 휴머니즘에 대해 말하고 있다.

『전시 조종사』는 정찰 임무 수행중에 조종사가 명상하는 것으로 전편이 구성되어 있다. 1940년 독일 전차대의 전격 작전이 벌어지면서 프랑스 군이 패주를 거듭하고 있을 무렵, 그는 이미 독일군에게 점령된 아라스 상공으로 정찰 비행을 떠난다. 이 작품은 희생 외엔 아무것도 없는 출동인 정찰에서 그가 겪었던 불안과 좌절, 국가 흥망의 의의, 인간의 본질, 프랑스

문명의 정수, 패전의 원인에 대한 묵상을 기록한 것이다. 뉴욕에서는 『아라스 지구 비행』이라는 제목으로 출판되어 최고의 찬사를 받았지만, 독일에서는 발매 금지를 당했다.

『성채』는 다른 작품과 달리 쌩 떽쥐뻬리 자신에 의해 완성된 것이 아니다. 알아보기 힘든 필체로 아무렇게나 노트에 갈겨 쓴 것과 녹음기에 녹음한 것을 그의 비서가 타자로 정리해 둔 덕분에 사후에 친구들과 작가들이 모아 출판한 것이다. 이 작품은, 인간은 직업과 가족과 자기가 속한 공동체에의 협력을 통하여 위대한 사회를 건설하는 데 매진하면서 아울러 자신의 마음속에 마음의 성채, 마음의 왕국을 건설하여야 하며, 지도자의 임무는 백성을 올바른 방향으로 이끌어 가고, 특히 백성의 생활에 활기와 열정을 불어넣어 주는 데 있다는 것을 말하고 있다. 이 작품은 이전의 작품과는 매우 동떨어진 스타일로 방대한 양에 일정한 스토리도 없이 쉽게 이해하기는 어려운 비유로 가득 차 있기 때문에 출판 당시부터 논란을 일으켰다.

인간에 대한 끊임없는 탐구를 시도한 그는 1944년인 44세 때 프랑스 본토로 정찰을 떠난 후 독일 전투기에 격추되어 사망한다. 그의 사망을 슬퍼한 프랑스는 수훈장을 추서한다.

짧은 생을 살면서 그의 생 전부를 비행기와 함께한 그는 그의 작품과 함께 이 시대에도 살아 숨쉬고 있다.

작품 줄거리 및 작품 해설

어린 왕자는 소혹성 B612호에 살고 있었다. 그 별은 너무나 작아 의자를 조금
만 당겨도 해 지는 것을 구경할 수 있는 그런 곳이었다. 어느 날 아침, 그곳에
아름다운 꽃이 피어나 오만한 태도로 어린 왕자의 마음을 괴롭혔다. 어린 왕
자는 마음의 상처를 위로할 생각으로 이웃 소혹성들을 유람할 계획을 세운다.
자신의 별을 떠나 처음 닿은 별에서는 왕을 만나고, 두 번째 별에서는 허영심
이 가득 찬 사람을 만난 어린왕자는 여섯 번째 별에서 만난 지리학자의 권고
로 지구를 구경하러 오게 된다. 마침내 일곱 번째 별인 지구에 닿았으나, 사람
은 만나지 못하고, 우정을 설법하는 여우를 만난다. 여우는 다른 사람과 친구
가 되는 법, 즉 '길들이는 법'을 가르쳐 준다. 여우가 어린 왕자와 작별할 때
가르쳐 준 비밀은 '가장 중요한 것은 눈에 보이지 않는다' 는 것, '마음으로밖
에는 볼 수 없다' 는 것이었다. 어린 왕자는 이렇게 여행을 계속하다가 비행사
를 만난다. 비행사와 함께 우물로 가서 갈증을 풀고 난 다음 지구에 내려온 지
꼭 일 년이 되는 날, 두고 온 장미를 돌보기 위해 자기 별로 돌아갈 것을 결심
한다. 그리고 어린 왕자는 뱀에게 물려 다시 자기 별로 돌아가고, 비행사는 슬
픔을 가슴속 가득 안고 동료들에게 돌아간다.

전래 동화 속의 주인공이 흔히 왕자이듯 쌩 멕쥐뻬리의 이 상징적 동화
의 주인공도 왕자다. 서양 전래 동화 속의 왕자는 흔히 의를 행하고, 악을
쫓고, 죽음의 잠에서 공주를 깨어나게 하는 신비로운 힘을 가지고 있다.
어린 왕자 역시 선의 상징이며, 보이지 않는 것을 보는 신기한 힘을 지니
고 있다. 어린 왕자는 보이지 않는 것을 볼 줄 아는 동심을 지닌 '어린' 왕

자인 것이다.

왕자가 상징하는 선은 무엇인가? 그것은 인간의 고독을 극복할 수 있게 해 주고, 무의미한 삶과 이 세계에 의미를 부여해 주는, '사랑'이라 부를 수 있을 인간 사이의 참다운 관계이다.

보이는 것과 보이지 않는 것, 의미와 무의미, 이 테마들은 어린 왕자의 단순하고도 은밀한 메시지를 해독할 수 있는 열쇠이다.

어린 왕자는 아주 조그만 별에서 혼자 산다. 그는 해 지는 모습을 바라보며 '슬픔'을 달랜다. 풀 몇 포기 돋아 있는 동그란 별 위, 의자에 홀로 앉아 지는 해를 바라보는 어린 왕자의 쓸쓸한 뒷모습, 우주 공간에 홀로 있는 듯한 어린 왕자의 삶의 조건은, 처음부터 은은한 애수를 자아내기에 충분하다. 이 우주적 이미지에 우리는 쉽게 작가의 비행사로서의 체험을 연관시킬 수 있다.

어린 왕자의 작은 별, 그것은 어린 왕자의 고독의 세계다. 고독 속의 그는 어느 날 홀연히 아름다운 모습으로 나타난 장미꽃을 정성을 다해 사랑한다. 장미꽃은 여인을 연상시킨다. 그러나 장미꽃에 대한 왕자의 성실성은 이기적인 남녀의 사랑을 넘어서고 있다. 어린 왕자는 장미꽃을 이해하는 데 서툴렀으므로, 괴로움 끝에 다른 별들로의 긴 여행을 떠난다. 여행과 떠남…… 그것은 구도의 의미를 지닌다.

어린 왕자가 만나는 여러 소혹성의 사람들, 그들도 모두 각자 자신의 별에서 혼자 산다. 그들은 고독에서 벗어날 진정한 방식을 외면한 채, 지배, 소유, 추상적 지식, 현실 도피, 혹은 타인에 의한 자기 확인…… 그 모든 헛된 욕구에 집착함으로써 자신의 존재의 공터를 은폐하려 애쓰는 사람들이다. 그러므로 왕은 신하를, 허영심에 가득 찬 사람은 찬양자를, 지리학자는 탐험가를, 실업가는 소유의 대상을 끊임없이 필요로 한다.

　여행의 종착지인 지구에서 어린 왕자는 우정을 설법하는 여우를 만난다. 여우는 다른 이와 친구가 되는 법, 즉 '길들이는 법'을 가르쳐 준다.

　"참을성이 있어야 해. 먼저 내게서 좀 떨어져서 이렇게 풀숲에 앉아 있는 거야. 난 너를 힐끔힐끔 곁눈질로 쳐다볼 거야. 넌 아무 말도 하지 말아. 말은 오해의 근원이 될 수도 있으니까. 하루하루 날짜가 지나감에 따라, 너는 조금씩 나와 가까운 곳에 다가앉을 수 있게 될 거야……."

　남을 이해하고 사랑하기 위해서는 얼마나 많은 참을성과, 노력, 긴 시간이 필요한 것인가를 이보다 더 단순한 표현으로, 이보다 더 감동적으로 표현할 수 있을까.

　여우가 어린 왕자에게 친구가 되어 줄 것을 호소하는 장면은 이 작품 중 가장 아름다운 대목이다.

　"나는 날마다 똑같은 생활을 하고 있어. 내가 병아리를 쫓으면, 사람들은 나를 쫓지. 병아리들이 모두 비슷비슷해서 구별하기 어려운 것과 마찬가지로, 사람들도 모두 그 사람이 그 사람으로 별로 다를 게 없어. 그래서 난 좀 심심해. 하지만 네가 나를 길들인다면 내 생활은 환하게 밝아질 거야. 다른 모든 발소리와 구별되는 발소리를 나는 알게 되겠지. 다른 발소리들은 나를 땅 밑으로 기어 들어가게 만들 테지만, 너의 발소리가 들려 오면 나는 음악이라도 듣는 기분이 되어 굴 밖으로 뛰어나올 거야! 그리고 저길 봐. 저기 밀밭이 보이지! 난 빵은 먹지 않아. 밀은 내겐 아무 소용이 없는 거야. 밀밭은 나에게 아무것도 생각나게 하지 않아. 그건 서글픈 일이지! 그런데 너는 아름다운 금빛 머리카락을 가졌구나. 네가 나를 길들인다면 밀밭이 아주 멋지게 보일 거야! 누렇게 익어 가는 밀밭을 보면 너를 생각하게 될 테니까. 그리고 밀밭 사이를 스치는 바람 소리도 사랑하게 될 거야……."

사랑은 생활을 '환하게 밝혀' 주고 '심심함'을 사라지게 해 주고, 아무 의미도 없던 밀밭까지 사랑하게 해 준다.

여우의 가르침에는 이 작품이 전하려고 하는 메시지가 거의 모두 담겨 있다. 여우는 또한 '오로지 마음으로만 보아야 잘 보인다'고 말해 준다.

우리는 못된 씨앗을 골라 내고, 화산을 규칙적으로 청소하며, 자신의 별을 가꾸고, 장미를 정성껏 돌보는 어린 왕자의 성실성에서 그에게 이미 그러한 지혜가 있음을 안다. 어린 왕자는 다른 별에 사는 사람들이 '이상야릇한' 알약을 먹어 갈증을 없애 버리는 어리석음, 목적 없이 달려가는 사람들의 허망함을 느낄 수 있는 것이다. 일상에의 안주, 기계 같은 생활을 그는 용납하지 못한다. 그리고 그는 '상자 속의 양'을 볼 줄 안다.

밀밭이 여우에게 의미있는 것, 아름다운 것이 될 수 있듯이, 어린 왕자가 그중 어느 하나에 살고 있는 까닭에 밤 하늘의 무수한 별들은 나레이터에게 아름다운 것이 될 수 있다. 온 우주가 의미를 띠게 되는 것이다. 아름다움은 의미있음과 동의어가 되고 있다. '가로등을 켜는 사람'의 행위를 어린 왕자는 아름답다고 생각하는 것이다.

그러나 한 어린이에게 있어서 낡아빠진 헌 인형이 얼마나 소중한지를 이해하지 못하고, 친구가 있다고 말하면 나이는 몇이고 형제는 몇이고, 아버지 수입은 얼마인가밖에 물을 줄 모르는 어른들, 굳어 버린 상상력, 보이는 것에 집착하는 어른들은 그러한 아름다움을 알지 못한다.

보이는 것, 보이지 않는 것과의 대비(對比)로 바꿔 놓을 수 있는 어린이, 어른의 대비는 이 책의 가장 중요한 주제인 것이다.

어른들이 모자라고 하는 그림에서, 코끼리를 소화시키고 있는 보아뱀을 볼 줄 하는 어린아이의 신선한 상상력, 순수함이야말로 생의 가장 핵심적인 부분에 도달할 수 있는 기본 조건이다. 순수함을 잃은 어른들은 사물을 직시하지 못하고 항상 설명을 필요로 하는 어리석은 존재들이다. 우리는 여기서 동양적인, 유심론적인 이 작품의 면모를 발견한다.

어린 시절, 어른들의 몰이해를 괴로워했으나, 이미 거의 어른이 다 되어 있는 나레이터는 어린 왕자를 만남으로써 잊고 있던 어린 시절의 순수함을, 생의 비밀을 다시 감지한다. 그는 어린 왕자와 함께 사막에 감추어진 샘을 발견하고, 함께 그 물을 마시는 것이다. 어린 왕자는 여우의 가르침을 받은 뒤, 장미와 자신의 관계가 어떠한 것이었나를 확인하고 장미에게로 돌아가려 한다. 그래서 뱀에게 물려 형체 없이 사라진다.

사막, 물, 뱀, 죽음,⋯ 이것들은 지극히 상징적이다. 사막에 있는, 정신적 갈증에 시달리던 그는 그 갈증을 없애 줄 수 있는 지혜의 샘을 발견한 것이다.

메마름, 황량함의 광물적 이미지와 물의 이미지 대조는 이 작품에서 매우 두드러진다. 어린 왕자가 고독을 느끼는 '메마르고 뾰족뾰족하고 험한 이 지구, 비축한 물이 바닥이 드러나고 있을 때의 사막'과 '영혼에 좋은 물', '신비한 눈물의 나라'와 같은 이미지들의 조화가 없다면, 그리고 상징이 되고 있는 그 이미지들이 우리의 상상력의 작용을 촉발하는 커다란 힘을 지니지 못했다면, '남을 사랑하라', '생을 풍요롭게 하라', '보이지 않는 것을 볼 줄 알라' 는 이 책의 전언은 공허한 교훈밖에 되지 못했을 것이며, 『어린 왕자』가 그토록 많은 사람들이 사랑하는 아름다운 이야기가 될 수 없었을 것이다.

그 아름다움의 많은 부분은 가볍고 부드럽고 한편으로는 유머스러운 톤에 교묘하게 스며 있는, 강요되지 않는 비애감에서 연유하고 있는 듯하다. 어린 왕자는 자신의 별로 돌아가기 위해 결국 뱀에게 물려 죽는 게 아닌가. 지평선 너머 저쪽으로 소리 없이 사라져 버리는 게 아닌가. 그 죽음이 무엇을 의미하는지를 묻기에 앞서, 우리는 비장하고도 부드러운 감동에 젖게 된다. 어린 왕자는 영원히 '보이지 않는' 존재가 되어 버린 것이다.

어린 왕자는 왜 죽고 나레이터는 왜 그와 헤어져 슬퍼하는 것일까? 순수성의 상징, 어린 왕자의 죽음, 그것은 순수성이 이 현실 세계에서는 존재할 수 없다는 것일까. 나레이터가 어린 왕자를 애타게 그리워하는 것은 어린 왕자가 다시 현실의 메마름에 괴로워한다는 뜻일까.

기이한 것은, 그런 모든 단언을 『어린 왕자』는 거부하고 있는 듯이 느껴진다는 점이다. '말은 오해의 근원' 이라고 여우가 말한 것처럼 나머지는 독자 여러분이 직접 『어린 왕자』를 만나 느껴 보아야 할 것이다.

작가 연보

1900년   6월 29일, 프랑스 리용 시에서 출생.

1904년(4세) 아버지 사망.

1908년(8세) 리용 시 몽떼 쌩 바르떼르미 학교에서 초등 교육을 받기 시작함.

1915년(15세) 동생과 함께 스위스 마리아니스트 수도회의 학원에서 기숙.

1917년(17세) 동생 프랑스와 사망.

1919년(19세) 해군사관학교 구두 시험에 실패. 그 후 파리 예술대학 건축과에서
            공부함.

1921년(21세) 스트라스부르 비행연대에서 병역 근무. 전속 민간비행 면허취득.

1923년(23세) 부르제 비행장에서 사고로 두개골 상. 루이즈 드 빌돌랑과 약혼.

1927년(27세) 봄 뚜루즈-까사블랑까, 까사블랑까-다까르 간 정기우편비행 종사.
            『남방 우편기』 집필.

1928년(28세) 『남방 우편기』 출판.

1929년(29세) 브레스트에서 해군의 고등 비행 기술을 훈련받음. 10월, 아레로포
            스타 아르헨티나 사의 지배인으로서 부에노스아이레스에 부임.

1930년(30세) 『야간 비행』 집필.

1931년(31세) 신문 기자의 미망인 꽁쉬엘로 쉥생과 결혼.
            5월, 프랑스와 남미를 연결하는 항공 우편 사업에 종사.
            12월, 『야간 비행』으로 페미나 문학상 수상.

1935년(35세) 《파리 스와르》지의 특파원으로 소비에트 여행. 기관사 프레보
            와 함께 파리와 사이공 간의 비행기 기록 경신을 위해 출발하였다

가 리비아 사막에 불시착하여 기적적으로 살아남.

1936년(36세) ≪앤트랑지장≫ 지의 특파원으로 시민 전쟁이 벌어지고 있는 스페인에 감. 베이루트의 쌩 조세프 대학에서 강연.

1937년(37세) ≪마리안느≫ 지에 『아르헨티나의 왕녀』 발표.

1938년(38세) 2월, 뉴욕과 남미 대륙 최남단에 회고선을 연결하는 장거리 비행 계획. 귀국 후 스위스 남불 등에서 요양. 『인간의 대지』 집필.

1939년(39세) 『인간의 대지』 출간. 미국에서는 『바람과 모래와 별들』이라는 제목으로 번역 출간됨. 뉴욕에서 '이달의 양서'로 선정, 아카데미 프랑세즈에서 소설 대상을 받음. 제2차 세계대전의 발발로 예비 대위로 소집됨. 11월 오르꽁드의 2-33 정찰 비행 대대에 배속되어 알제리에 파견됨. 8월 북대서양 횡단 비행. 『어린 왕자』 집필.

1940년(40세) 『성채』 집필. 미국 망명을 결심하고 12월 뉴욕으로 출발함.

1941년(41세) 『전시 조종사』 집필.

1942년(42세) 뉴욕에서 『전시 조종사』의 영문판인 『아라스 지구 비행』 출판.

1943년(43세) 『어느 인질에게 보내는 글』 『어린 왕자』 출판. 북아프리카에 집결한 최초의 민간 프랑스인으로 알제리 도착. 라 마르사 기지에서 미 제7군에 소속됨.

1944년(44세) 알제리 기지에서 2-33 정찰 비행대로 복귀. 7월 31일 리트닝 기지를 출발, 프랑스 본토로 정찰을 떠난 후 돌아오지 않음. 귀로중 코르시카 수도 남방 백 킬로미터 지점에서 독일 전투기에 격추, 사망한 것으로 추측됨. 프랑스 정부로부터 수훈장이 추서됨.

"사막이 아름다운 것은,
어디엔가 샘을 숨기고 있기 때문이야……."